キャッツアイころがった

黒川博行

角川文庫
23146

目次

1

　滋賀県警捜査一課班長、根尾研一郎が余呉湖西岸の現場に着いたのは午前八時だった。警備の警官に目礼し、やじ馬の包囲網を抜ける。死体は引き揚げられ、湖岸の砂地に横たえられていた。白衣の検視官と数人の鑑識課員がそのまわりを囲んでいる。検視の最中らしい。

　根尾は咥えていたパイプをポケットに収め、

「死因は」

　先に来ていた部下の川村を呼び寄せて訊いた。根尾は、男の他殺死体が揚がったとしか報告を受けていない。電話で叩き起こされ、食事もとらずに家を飛び出して来た。

「頭蓋骨折です」

「年は」

「二十から二十五いうとこです」

「身元は」

「まだです」

根尾が短く訊き、川村も簡潔に答える。お互い緊張しているようだ。ここ一年ほど、殺人死体遺棄といった凶悪事件には遭遇していない。

「傷は頭だけか」

「背中に一カ所、脚に二カ所、腕に二カ所、それから……ちょっと待って下さい」

川村はコートのポケットからメモ帳を取り出した。

「首筋にも一カ所、打撲傷があります。どれも内出血してます」

「まだ検視の途中なのによく分かったな」

「仏さん、服着てないんです」

「裸なのか」

「丸裸です。髪の毛までありません」

と答えて、川村はハッと口を噤んだ。根尾の頭を気にしたらしい。根尾はソフトをとって、

「若いのにこれかね」

薄い頭頂部に手をやった。

「違います。ハサミで短こう切られてるんです。ひどいトラ刈りですわ」

「遺留品は」

「ありません。時計も指輪も、何もなしです。身元の特定に苦労しそうです」

「面と指紋がある」

「それが……」

「どうした」

「両方とも……まあ見て下さい」

川村は死体の方を指さした。

死体は仰向けに置かれ、顔の部分に青いナイロンシートがかけられている。検視官は立ち上がって、後ろの鑑識課員と話をしている。ちょうどいい、根尾は死体を見分することにした。

皮膚は全体に水を含み、まっ白でぶよぶよしている。水中死体特有の漂母皮(ひょうぼひ)というやつだ。

くびれた下腹に細いナイロンロープ。ロープの端には赤ん坊の頭くらいの石が括(くく)りつけられている。これで死体を沈めていたらしい。

鮮やかな赤の死斑(しはん)が体の右横にあたる部分に集中している。これは、死後の一定時間、死体が右側を下にして放置されていたことを示している。また、そのことから、この死体がおそらく、乗用車のトランクのような狭いところに体を折り曲げられて詰め込まれ、ここまで運ばれた、とも推定できる。トラックや大型のバンなら体を折り曲げる必要はないし、曲げなければ、背中か腹が下になる。死斑の位置を視るだけでその程度のことは分かる。

手を見た。

（これは……）どの指も第二関節から先がない。鈍い刃物を使ったのだろう、切断面は粗く、押し潰されたようになっている。

根尾はナイロンシートをめくった。

「うっ」

一瞬、眼をそむけた。

その日、午後八時、解剖医の所見をもらった捜査員が帰り着くのを待って、署長、次長の臨席のもとに捜査会議が招集された。場所は余呉署第一会議室。狭い室内はストーブと人いきれで暑いくらいだ。

最初に署長が口を切った。

「本日、二月十五日午前六時、余呉湖西岸で死体が発見されました。解剖により、鈍器による殴殺と確認されたため、殺人死体遺棄事件として、本日ここ余呉署に捜査本部を設置いたしました。今後、捜査の指揮は県警捜査一課が執る予定です」

それだけを一気にいって、署長は坐った。次に根尾が立つ。

「被害者の推定年齢は二十歳から二十五歳、男です。着衣はありません。血液型A。身長百七十センチ、体重六十五キロ、栄養状態良好。特徴のあるアザ、ホクロなし。手術痕なし。遺留品は被害者の腹部に巻かれていたナイロンロープだけ。ところどころほつれてかなり古いもののようです。発見者は伊香郡余呉町の今村惣治郎さん、六十四歳。今村さんは釣りをしていて死体を発見しました」

「すんません、死因を詳しく」

気の早い捜査員が訊いた。

根尾は所見を書いたメモ帳を手にとる。

「頭蓋骨穿孔骨折による脳挫傷。後頭部を鈍器で強打されています。溺死ではありません。死亡推定日時は、二月十一日午前から十三日午後。死後、四日から二日といったところです」

「凶器の推定、どうですか」

「陥没骨折ではなく穿孔骨折である、ということから考えて、比較的鋭利な鈍器……つまり、金槌とか棍棒、鉄パイプといったものではないかと推定できます。今日一日、死体発見現場付近の湖底を浚ってはみましたが、ロープ以外の遺留品、及び凶器は未発見です。明日からは対象範囲を広げるつもりですが、あまり期待はできません」

「身元の割り出しはどうです」

矢継早の質問に坐る暇もない。

「この死体、指紋がありません。指先を十本とも切り取られています。解剖医は、ワイヤーカッターのようなもので挟み切ったという意見です。それから……」

根尾はハンカチで額の汗を拭い、

「顔もありません」

吐き捨てるようにいった。

「鼻も眼も口もあったものじゃない。徹底的に潰されています。顔面のところどころに綿の繊維が付着しているから、死後、顔の上にタオルでも置いてめちゃくちゃに叩いたんでしょうな。ひどいことをする。つまるところ、この死体には顔がない。指紋もない。丸裸だし、遺留品は古いナイロンロープだけ。……難しいことになるかもしれません」

実際、そんな予感が根尾にはある。久しぶりの大事件ではあるし、滋賀県警の威信を発露する絶好の機会でもあるが、それだけに、迷宮入りになるような事態はどうあっても避けなければならない。

「すると、被害者を特定できそうな手がかりは……」

一番前に坐った余呉署捜査員の言葉を根尾は手で遮って、

「あと一つ、非常に重要なことがあります。胃の中の残留物を調べた結果、被害者は殺される約二時間前、餃子を食べたことが分かりました」

(あほらし、それが重要なことかいな)

どの捜査員も、そんな表情を作った。根尾は構わず、

「この被害者、もっと珍しいものを食べています。……キャッツアイ、キャッツアイを食べているんです」

「キャッツアイいうたら、あの宝石の？」

「そう。正真正銘、本物のキャッツアイです。大きさは約二カラット、専門家によると、かなり質のいいものらしい。時価五百万円、ダイヤモンドにも負けない高価な石が餃子と一緒に胃から出ました」

部屋中にざわめきが広がる。

手応え充分。根尾は自分の報告が与えた効果に満足した。

午後十一時、歯を磨きながら、何げなく離れを見やった。明りが点いている。村山が帰って来たようだ。

「一週間ぶりやわ。そうや、部屋代もらっとこ。もう十日ほども遅れてる。早う集金しとかんと、またお義母さんに嫌味いわれるわ」

ひとり呟き、北川和子は傍らのカーディガンをひっかけて庭に出た。

北川家は裏の離れを下宿にしている。五年前義父が亡くなって以来、ほとんど使われていなかったのを、放っておくのももったいないと、三年前から学生に貸しているのだ。十二畳一間で月三万円。別棟だし、裏の生垣を一部つぶして出入口も作ったから、お互い気がねすることはない。三万円は義母に小遣いとして渡している。

「村山さん。夜分遅うすいません」

離れのドアをノックした。応答がない。明りが点いているのにおかしい。

和子は建物の横手にまわった。窓から中を覗いてみる。カーテンの隙間から部屋の半分ほどが見える。ガスストーブの火が赤く燃えている。ウイスキーの空きビンがころがっている。こたつの裾に村山の足が見えた。

(酔いつぶれて寝てるのかな。火事になるやないの)

今度は窓ガラスを叩いてみた。起きる気配がない。

和子はまたドアの方にまわった。ノブを引いたら、抵抗なく開いた。

村山はこたつの横に仰向けになって寝ていた。顔のまわりに嘔吐物が散っている。それを見て和子はカッとなった。ストーブはつけっ放し、畳はドロドロで、家賃の支払いは毎月のように遅れる。挨拶もろくにしない。勉強もしないのに夜遅くまで起き、昼まで寝ている……村山に対する日頃のうっぷんをまとめて晴らすべきだ。

「何してるの、起きなさい」

村山の肩を摑んで乱暴に揺すった。頭が力なくコクンと傾き、半開きの口から唾液に濡れた緑がかった飴色の丸い小さな球が落ちた。

キャッツアイだった。


電話の音で眼が覚めた。壁の時計を見る。午後十一時三十分、妻の清子はもう寝んでいるようだ。五十嵐はこたつから這い出て、受話器をとった。

「五十嵐です」

「笹野や。すまんけど、出て来てくれるか」

「事件は」

「殺しや。現場は西京区、桂。桂離宮を西へ入ったら消防署がある。そこから南へ二百メートルほど。車が駐まっとるからすぐ分かるやろ」

「桂でっか。……三十分くらいで着きまっしゃろ」

電話を切った。

「仕事ですか」

後ろから清子の声。寝巻の上に丹前をひっかけている。

「ああ」

短く答えて五十嵐は頭を振った。まだ少しアルコールが残っている。帰宅後、二合の晩酌をしながら食事をし、そのあと十二時頃までごろんと横になるのが五十嵐の何よりの楽しみだ。それから風呂に入る。

「タクシー呼びますか」

「まだこんな時間や、外で拾う」

清子が手際よく差し出す靴下、カッターシャツ、ネクタイを五十嵐は身につける。二人の呼吸がぴったり合っている。結婚以来、何百回と繰り返された行事だ。

「種火、消しといてくれ。ひょっとしたら泊まりになるかもしれん」

言い置いて家を出た。タクシーはすんなり拾えた。

左京区法勝寺の五十嵐宅から桂までちょうど二十分で着いた。付近は北白川、岡崎、嵐山などと並ぶ、京都でも有数の高級住宅街だ。大きな屋敷が広い道路を挟んでゆったりと並んでいる。

現場はすぐに分かった。生垣をめぐらせた二百坪はあろうかと思われる古い邸の前に、パトカー二台と、三台の警察車輌が駐まっている。

〈北川俊明〉と書かれた表札を横眼に見て、五十嵐は邸内に入った。警備の警官に案内され、裏の離れにまわった。

既に現場検証は始まっていた。鑑識課員が部屋のそこここに陣取って指紋採取や各種の斑痕検査をしている。坐るところもない。直属上司の笹野が腕を組み、壁に背中をもたせかけて作業を見ている。

「毒物でんな」

死体のようすを一瞥して、五十嵐は笹野にいった。

「青酸化合物やろ。嘔吐物に青梅の臭いがある」

「流しの犯行やおまへんな」

「そう。被害者は学生や。金目当てやない」

笹野は五十嵐より五つ年下だが、階級は警部。京都府警捜査一課の笹野班班長である。

「まず、女の線をあたってみなあきませんな」

毒殺、すなわち女性を疑えというのが捜査の常道だ。

「この事件はそうとも言いきれんで」

笹野は首筋を撫でながら、ぽつりという。

「何でです」

「こいつはな……連続殺人なんや」

「連続殺人？」

「三日前のあの事件、覚えてるか？　余呉湖で死体が揚がったやろ」

「鈍器で殴り殺された事件でっしゃろ。知ってまっせ」

「胃の中からキャッツアイが出たな」

「あれはかなり衝撃的でしたな。殺人（コロシ）の刑事ならいっぺんは担当してみたい事件ですわ」

「その希望、かなうがな」

「何ですて」

「出たんや、キャッツアイ。この事件の被害者（ガイシャ）からも出た。口の中から出たんや」

「…………」

一瞬、どう返答していいか分からなかった。

「そうでっか、……出たんでっか、キャッツアイ。連続殺人でんな」

思考がまとまらない。

「ま、現場を頭に叩き込んどいてくれ。話はそれからや」

いわれて、改めて周囲を眺めた。こたつを中心にパネル、絵筆、絵皿、クロッキー帳、画集、描（か）きかけの絵、行平鍋（ゆきひらなべ）、イーゼルなどの見慣れぬ道具類が散乱して、畳の見える隙間さえない。乱雑ではあるが、かといって物色された痕（あと）や、争った形跡はなかった。絵筆は筆立て、絵皿は小さなビニールシートの上、行平鍋は電気コンロの横、とそれなりに秩序のある配置になっている。ドアと反対側の壁には、一面に別注らしい細かく仕切った浅い棚がしつらえてあり、そこには色とりどりの小さなガラスビンが置かれている。岩絵具（いわえのぐ）を入れたビンらしい。赤から黄、黄緑から緑、青緑から青、紫、と色相順に整然と並んでいる。

「被害者は美大の学生でっか」

阪急桂駅からバスで十五分、国道九号線沿いの沓掛（くつかけ）の丘陵に美術大学があるのを五十嵐は思い出した。

「そうや。府立美大の四回生で、名前は村山光行（みつゆき）。日本画を専攻してる」

「絵描きの卵が何でまた殺されるような破目に陥ったんでっしゃろ」

「それが分かったら苦労はせんがな。例の死体の身元も割れる」

死体発見から三日、余呉湖の被害者が誰なのか、まだ判明していない。

「青酸反応はどうです」

ウイスキーの空きビンと、こたつの上にある二つのグラスを眼で示して訊（き）いた。

「鑑識に持ち帰って検査せんことには確かなこといわれへんけど、ま、間違いないやろ」

「指紋、出ますかな」

「無理やろ。青酸入りのビンや薬包紙がないとこみると、犯人、証拠となるようなもんはちゃんと処分しとるみたいや」

「えらい事件、背負い込みましたな」

「さっきは担当してみたい、とかいうてたやないか」

「いざ現実に自分のこととなると、ちょっとは身が竦みますがな」

「ガラさんほどのベテランでもそうか。しっかり頼むで」

いって、笹野は笑った。しかし、その眼はいつになく真剣な光を帯びていた。

「そのキャッツアイとかいうの、見たいですな」

「被害者の顔のそばにある」

笹野は死体の方を見た。

五十嵐は身を屈めて死体を覗き込む。死の直前はかなり苦しんだであろうが、今は眠るような死顔のすぐ横にキャッツアイがあった。緑がかった飴色の中に妖しい一本の光条を浮かべている。

「きれいな……」

思わず五十嵐は呟いた。

2

「ギクーッ」

突然、啓子が椅子から跳び上がった。手にしたトーストがテーブルの上に落ちる。

「何をするんや、汚ないやないか」

阿部は顔をしかめ、トーストを拾って皿にのせる。啓子はそんなことにおかまいなく、

「ね、ね、今のニュース聞いた？」

身を乗り出して宿直室の全員に訊く。

「ムラヤマ、ミツユキさん、と聞いたような気がするんやけど、何かの間違いかな」

「そういや、そんな名前いうてたな」

ティーポットに湯を注ぎながら永瀬が応じた。

「あとでもっと詳しい内容が流れるはずや」

ポットを持って永瀬はこちらに来た。弘美が四つのカップを差し出すと、手際よく等分に注ぎ分けた。永瀬は弘美の横に坐り、

「今度はちゃんと聞いてみよ。みんなで聞くんや」

その言葉で全員がテーブル上のラジオカセットを囲む格好となった。

朝の六時、弘美たち四人は制作の手を休め、ピザトーストとベーコンエッグ、サラダといった夜食兼朝食をとっていた。二月二十六日から京都市立美術館で開かれる卒業制作展に備えて、ここ五日間、ずっと徹夜に近い毎日を送っている。大学の宿直室

には、流し台、コンロ、小型冷蔵庫があり、ナベ、カマの類も備わっているから、材料さえ持ち込めば、一、二週間の籠城は造作ない。

より詳しいニュースが流れ始めた。

――昨夜、午後十一時、京都市西京区桂久松町四丁目、会社員北川俊明さん（四十五歳）方の離れで、学生、村山光行さん（二十四歳）が死んでいるのを、北川さんの妻、和子さんが発見しました。死亡した村山光行さんは、京都府立美術大学の日本画科四回生で、北川さん方に三年前から下宿していました。調べによると、死因は青酸化合物による中毒死で、警察は他殺の疑いが濃いとみて捜査を進めています――。

「ほんまや。ほんまに村山さんやがな……どないしよ」

と阿部。スプーンを持った手が小刻みに震えている。

「どないするもこないするも……」

啓子は口を開けて眼をしばたたく。永瀬はトーストをほおばったまま動かない。永瀬、阿部、啓子、弘美、四人はしばらくの間、呆然とお互いの顔を見つめあっていた。

「……そうか、死んでしもたんか、村山さん」

永瀬が口を開いた。

「何で殺されたんやろ、村山さん。まさか、麻薬取引のもつれではないやろな」

阿部が弱々しく呟くと、

「いや、その可能性はなきにしもあらず。こいつは大変ですよ」

と啓子が応じる。

――あれは去年の暮れだったか、弘美と啓子は日本画の模写室にいた。二人は「模写」を専攻している。

古画をそっくりそのまま写し取るのを模写という。絵画を、褪色、しみ、剝落から、紙の破れ、絹布のほつれまで、現在あるがままに忠実に複写する。それにより、運筆、彩色法など基礎技術を習得することができる。精密な注意力と持続力の要求される地味な仕事だ。

啓子は「鳥獣戯画」、弘美は「信貴山縁起絵巻　山崎長者の巻」を模写しているのだが、人々の表情を写すのがまことに難しい。とりわけ庶民の表情が難しい。ほんの少し、髪の毛ほど線の太さが違っただけで丸っきり別人の顔となる。弘美は、さっきから墨の濃さを整えながら、じっと手本に見入っていた。筆をおろす決心がまだつかない。

模写室は畳敷き。二十畳を、弘美、啓子、永瀬、阿部、村山の四回生五人で使っている。もっとも、村山は月にせいぜい二度か三度、顔を見せるだけだ。

ノックもなく、ふいにドアが開いた。部屋にいるのが啓子と弘美だけと知って、ずかずかと上がり込んで来たのは村山だった。弘美たちより二年先輩だが学年は同じ。

二度留年したわけだ。

「やあ、女子大生諸君、つつがなくやっておるかね」

と、いつもの気のおけない調子で弘美の肩を叩いた。

「久しぶり。生きてたんですね」

弘美は筆を置いた。歓迎すべき人物ではないが、そう邪険に扱うわけにもいかず、適当に相手をする。

「おれ、インドへ行くんや。二、三カ月、スケッチ旅行をする。風景を描きためて個展をするつもりや。とりあえずカルカッタからヴァラナシ（ベナレス）をまわる予定なんや。インドは今度で三回目、何回行ってもおもしろいで。悠久の地、混沌の極み、豊饒と貧困、死生観の相違、己が価値観との相克、人生を考え直すええ機会や。どうや、君らも行かへんか、おれと一緒に」

弘美は返事をしない。村山の話はいつもこの調子だ。単なる言葉の羅列で内容がない。弘美はいまだに村山という人物を判断しかねている。曖昧模糊として、実体がない。どうしようもなく嫌いというわけでもないが、できれば顔は拝みたくない。第一、その風体が気に入らない。ひょろひょろの体に貧相な顔。つやのない長い髪、まん丸の銀縁眼鏡、USAエアフォースご用達カーキ色のボマージャケット、今時珍しいベルボトム・ジーンズ、くたびれたワークブーツ。まさに七〇年代初頭のフラワーチルドレンといった趣きで、時代遅れであることはなはだしい。服装こそ個性と創造性を主張する第一歩だとすれば、村山の感性というのはいかなるものなのか。

「実はな、ちょっとした頼みがあって来たんや」

村山は小さく切り出した。いつの間にか啓子もそばに来ている。

「おれ、インド行きにあたって、学生諸君からのカンパを募ってる。一口五千円。ちゃんとそれなりの反対給付はするつもりや」

「反対給付？」

「ハシシや、ハシシ。インドで買うて来る」

「何ですか、それ」

弘美はハシシの何たるかを知らない。

「要するに大麻のこと。大麻は葉っぱやけど、ハシシは樹脂を固めたもの。そう、焦茶色の粘土みたいや。ハシシの効き目は葉っぱよりはるかに強烈やで」

村山は弘美の顔を覗き込みながら喋る。

「へえ、ハシシか、おもしろそうやね。けど、それが何でカンパの対象になるの」

啓子が横から割って入った。頰のあたりに墨が付いている。

村山は親指と人さし指で輪を作り、

「これくらいの塊で現地価格五千円。日本国内では安うても十万。どうや、試してみいへんか、ハシシ。異次元の世界へ飛んで行けるで」

「そやけど、ハシシて麻薬でしょ。やばいやんか」

「やばいからこそなおさらおもしろいんやないか。遊びと危険は常に隣合わせ。若いうちは何でも体験してみるもんや」

甘い言葉で釣ろうとする。悪魔の囁きとはこのことか。

「クラスメートに貴重なる体験をさせようというその心情や良しといいたいけど……目的は？　正直なとこ教えてほしいな」

啓子は訊く。

村山はすぐには答えない。ポケットからクシャクシャのハイライトを抜き出し、火を点けた。せわしなげに二、三服吸ってから、

「あのな、本当のことというて、旅費が足らんのや。インドを二カ月旅行しよと思たら、少なくとも二十万は欲しい。おれ、今、十三万しか持ってへん。飛行機のチケットは購入済みなんやけど、向こうでの滞在費がちょいと足らん。それで……」

「私らを外遊のスポンサーに仕立てよというわけなんやね」

「この話、永瀬と阿部にも持ちかけた。あいつら、カンパするいうてくれたで」

「いくら」

「永瀬は二口、一万円。阿部は三万円」

「あほやな、あの子ら。いったい何を考えてるんやろ」

啓子は眉根を寄せる。

「な、頼むわ。一口ずつでもええ、話に乗ってえな」

村山は頭を下げる。貧相な顔とみすぼらしい服装がこんな場合とても効果的だ。先輩にこうまでいわれるとむげには断りにくい。弘美は黙って自分の膝に視線を落とす。

気まずい沈黙のあと、先に口を切ったのが啓子で、

「分かりました。私、一口乗ります」

「お啓、やめなさいよ、そんなこと」

弘美が抗議しようとするのを啓子は手で遮り、村山の方に向き直った。

「ただし、条件があります。私、ハシシなんか要りません。五千円はただの餞別として受け取って下さい」

「ありがたい。恩に着るわ」

村山は頭を下げ、今度は弘美を上眼遣いで見る。

「じゃ、私も一口」

そういわざるを得なかった――。

窓の外が白んで来た。ガラスの全面に大粒の露が付いて二筋、三筋流れている。今

日も寒い一日になりそうだ。

「村山さんを最後に見たん、いつやったかな」

永瀬がピザトーストをかじりながらいう。

「十日くらい前よ。あの人、げっそりと痩せこけて、まるで病人のようやった」

弘美は答えた。

——美大前の喫茶店「バウハウス」で、村山は弘美と啓子に会うなり、すまん、これ買うてくれ、と一言いった。いかにもしょげた風にうなだれて、
実は、インドで金を盗まれた。航空券とパスポートだけは無事やったから、現地で知り合うた日本人の学生に金借りて、何とか日本には帰って来たけど、明日からラーメン食う金もない。頼む、これ買うてくれ、
と、小さな紙包みを差し出した。

弘美はわけも分からず反射的にその包みを受け取った。

「金を盗られる前にちょっとだけ買うといたんがそれや」

ハシシ——。小指の先くらいの量だった。

要らない、返します、というのを村山は無視し、二人から二千円ずつを召し上げて、足早に喫茶店を出て行った。

弘美と啓子はハシシを手に、お互いの顔をぼんやり見つめあっていた——。

「ぼくが受け取ったんも、それくらいの量やったで」

阿部が不服そうにいう。それを受けて、永瀬が、

「おれもそれくらいやったがな。あほくさい」

「村山さん、金を盗られたいうの、ほんまかな」

「嘘やないやろ。村山さん、おれに、運転免許証の再交付について訊いた。学生証と免許証まで盗られてえらい災難やいうて、今にも泣き出しそうな顔してた。それにしてもあの人、インドで何ぼほど盗られたんやろ。大した金持ってたとも思えんけど」

「ぼくは三万円も投資したんやで。いったいどないしてくれるんや」

「死んだ人間にどうのこうのいったって仕方ないやろ」

「だけど、一抹の感慨はあるな。ついこの間まで一緒に勉強していた人が、今はもうインドどころか、もっと遠いところへ行っちゃった……」

「村山さん、そんな悪い人でもなかったね。そら、ちょっとはちゃらんぽらんなところもあったけど」

口々に感想を述べながら、みんな食欲は旺盛(おうせい)だ。テーブル上の食べ物が瞬(また)く間になくなった。

食後の紅茶を飲む。

「あいたっ」

しばらく静かだった啓子がふいに立ち上がった。

「村山さんの事件、警察が動き始めたんでしょ。あの人のこと教えてくれいうて刑事が訊込みに来るやんか。それも、今日あたり来るのと違う？」

「そんなもん、あたりまえやないか。大学で村山さんと同じ教室にいてるのは残念ながら我々四人。調べに来ん方がおかしい」

心得顔で永瀬が解説する。

「根掘り葉掘り訊かれるよ」

「そら、そうやろ」

「そんな平気な顔しててていいの。手が後ろにまわるかもしれんのに」

「おれ、悪いことなんかしてへんがな。半年ほど前、千円拾てネコババはしたけど」

「誰がそんなこというてるの。ハシシよ、ハシシ。私ら、村山さんからご禁制の品を受け取ったやないの。不本意ながら……」

「ほ、ほんまや。えらいこっちゃ。ぼく、警察嫌いや」

阿部の怯えた表情。彼はいつもこの調子だ。室町の大きな染色屋の惣領息子らしく、お坊ちゃんで、お人好しで、気が小さくて、ちょっと困ったことがあればすぐ弱音を吐く。

啓子は苦笑しながら、

「要するに、村山さんからハシシを受け取ったことさえ喋らへんかったらいいのよ。村山さんの密輸行為そのものは、私らの知ったことやないもん」

「カンパしたことはどないしょ。三万円……」

「ようそんな大金出したね、非合法の密輸品欲しさに」

「そやかて、ぼく……」

阿部は力なくうなだれる。

「とにかく、私らが村山さんにカンパしたことは絶対に内緒。いいこと、みんな……私らはたまたま村山さんと同じ模写専攻ではあるけど、あの人は二年上やし、めったに顔を見ることもなかった。死なはったことについてもまったく思いあたるふしがない、というわけ。余計なことは一切喋らへん。警察に対して協力的な態度も見せへん。警察にいい顔しようとするからついぼろが出る。ね、いいわね。ぼん、分かった？」

「うん」

啓子の言葉を呑み込むように阿部は深く頷いた。阿部のことを弘美たちはぼんと呼ぶ。

「それと、もうひとつ。みんな、村山さんにもろたハシシ、どうした」

「ぼくはまだ吸うてへん。家の机の抽出に鍵かけて置いてある」

「おれは下宿」

「弘美は」

「私も下宿に置いてる」

「ほな、全員、ハシシを今日中に処分すること。トイレにでも流したらいいでしょ」

「村山さんの持ち物、どないする」

永瀬がいった。模写室の一隅には、個人ロッカーからはみ出した村山の道具類、衣類、スケッチブック等の私物が山と積まれている。

「あの中に、おれらから預かった金のメモでもあったらどないする。模写室の四人にハシシを渡しましたいう日記でもあったらえらいことやで。ほんまに手が後ろにまわるがな」

さすが永瀬、いいところに気づいた。美大ラグビー部のフランカーで、図体は大きいけれど神経は意外に繊細。やや偏平な四角い顔の真中に、小作りの眼、鼻、口が集まって独特の愛敬がある。マメで動くことをいとわないから、パネル作りなど、ちょっとした男手の必要な時、弘美たちにとっては何かと便利な存在だ。それに、永瀬にはもう一つ記すべき美徳——いや、既得権といった方がいい——がある。それは、彼がこの宿直室の管理人だということで、だからこそ、この部屋を占拠して悠長に食事などしていられる。

京都府立美大には宿直室が二つある。別棟の彫刻棟に一つと、この本館に一つ。遠い昔は、助教授、講師などが交代で宿直、見まわりをしていたらしいが、いつの間にかそれも沙汰止みとなり、現在は代わりに学生がアルバイトで宿直をしている。一晩につき千二百円。安いバイト料だが、夜間一度見まわりをしてあとは眠るだけだから、こんな楽な仕事はない。

「今、何時」

啓子が訊いた。

「六時半」

「これから模写室に行こ。村山さんの持ち物で私らに都合の悪そうなものを引き上げて来るの。早うせんと、他の学生が登校して来る」

残りの紅茶を飲みほして、啓子は宿直室を出た。残る三人も慌ててあとを追った。

九時、授業の開始だ。午前中は美術史、美学、語学などの学科授業、午後からは実習となっている。弘美は学科の単位をすべて修得したので、一日中を実習に充てている。卒業制作には、藤原隆信筆「源頼朝像」を選んだ。ここ一カ月間、毎日頼朝公と対面している。端整な顔立ちがいい。

啓子はいまだに、「鳥獣戯画」にご執心。人間よりはウサギ、カエルの類がお好みらしい。

弘美は、朝一番からすぐ作業をする気にもなれず、徹夜疲れもあって模写室で横になっていた。村山のことが頭にあって眠るに眠れない。さっき買って来た新聞を何度も読みかえす。啓子は机に張り付いている。永瀬と阿部は宿直室で夢の中。

ノックの音があって、男がひとり部屋に入って来た。弘美はすばやく新聞を隠した。

「すんまへん、ちょっと失礼」

五十年輩の初めて見る顔。よれよれの綿コートを着ている。

「日本画の模写室、ここでっしゃろ」

いよいよおいでなすった。どんな表情で応対しよう。眠そうな顔か、よそ行きの顔か。

「あの、申し遅れました。私、京都府警捜査一課の五十嵐いいます」

コートを脱ぎ、マフラーをとって軽く一礼した。眉の垂れた人の好さそうな刑事だ。

「私、河野啓子。彼女は羽田弘美。何かご用ですか」

「村山光行さん、知ってまっしゃろ。あんた方の友達」

勝手に友人扱いしてもらっては困る。

「村山さんがどうかしたんですか」

啓子は最初からとぼける気だ。

「あれ、まだ知りまへんのか。……死にましたんや。殺されたんですわ」

　五十嵐は靴を脱いで上がって来た。勧めもしないのに、手近にあった座ぶとんを引き寄せ、坐(すわ)り込む。

「殺された？　村山さん、死んだんですか」

　啓子は大仰に驚く。弘美もそれらしい表情を作った。

「昨晩十一時、死体で発見されたんですわ。下宿でね」

「どうして殺されたんです」

　啓子が訊く。

「さあ。わしはそれを知りとうてここに来たわけで」

「強盗とか泥棒の居直りといった、お金目当ての犯行ですか」

「違いまんな。死因は毒殺」

「毒殺……」

「青酸塩。多分青酸ソーダでっしゃろ」

　刑事にしては口が軽い。

「ほな、顔見知りの犯行ですね」

「ほう、よう知ってまんな。何でそう思たんです」

　五十嵐は言葉じりを捉(とら)えて巧みに探りを入れてくる。油断がならない。

「見ず知らずの人間が他人に毒物を呑ませることできます？」

「なるほど、理屈でんな」

「私、推理小説よう読むんです」

啓子はうまくいなした。

「最近は素人さんでも捜査のことよう知ってはる。やっぱりテレビや小説の影響でっしゃろな。そやけど、あのテレビの刑事ドラマ、あれ嘘でっせ。実際の捜査はあんなかっこええもんやおまへん。今日、朝からここへ寄せてもろたように、一日中、寒い中を水洟垂らしながら歩きまわるんですわ」

とりとめのないことをくだくだ喋る。

「すんまへん、たばこ吸わしてもろてよろしいか」

「ええ、どうぞ」

弘美は永瀬の机の上にあった素焼の灰皿を差し出した。五十嵐は一服うまそうに吸って、

「実はね、村山はんの死体から妙なもんが出ましたんや」

「妙なもの……」

啓子が身を乗り出した。

「キャッツアイ、知ってまっか」

「宝石でしょ？」

「そう、そのキャッツアイが村山はんの口から出て来たんですわ」

「すると、あの滋賀県の……」

「そうですねん。これはまだ誰にもいうてもろたら困るんやけど、わしらは連続殺人やないかと睨(にら)んどるわけで……。村山はん、どんな人でした」

「どんな人といわはっても……。普通の学生でしたけど」

「ほな、村山はんの知り合いに、おたくらが見て、これはと思うような人物は」

「おっしゃる意味が分かりません」

「いや、その例えば、素行の悪そうな人とか」

「さあ……。私ら、村山さんとはそんなに親しくなかったから」

啓子はさっきの顔見知りの犯行云々で懲りたのか、警戒して多くを語らない。

「村山はん、つい最近までインドへ行ってたことは」

「ああ、そうでしたね。村山さん、インドから帰ってきて、この教室に顔を出しました」

「それはいつのことです」

「二月のはじめでした。九日とか十日やったと思います。……きのう帰国した、といってました」

啓子の話しぶりはなかなか堂に入っている。弘美は二人のやりとりを聞いているだけ。気楽なものだ。

「ところでお二人さん、話は変わるけど、村山はんの定期入れ知りまへんかな」

「定期入れがどうかしたんですか」

「あらへんのですわ、下宿に。ひょっとして奪られたんやないかと」

「あそこに村山さんのロッカーがあります。調べはります？」

啓子は模写室の一隅を指さした。

「キーは」

「そんなもん要りません。誰も鍵なんか掛けへんから」

「ほうでっか」

いうより先に五十嵐は立ち上がった。五つ並んだロッカーのところへ行き、村山の名札を確認して扉を開ける。頭を中に突っ込み、五分ほどごそごそしていたが、

「おまへんな……」

五十嵐はふうと一息つき、また弘美たちのそばに坐った。

「それやったら、奪られたんは定期入れだけ……。なんでそんなもんを？」

「それがよう分かりませんねや。定期入れの中に何が入ってたんか。常識的に考えたら、阪急バスの定期券とか運転免許証のはずですけど……。他に、犯人を知る手がかりみたいなもんが入ってたんかもしれまへんな」

五十嵐は呟くようにいい、しばらく考え込んでいたが、

「あ、そうそう」

脱いだコートを引き寄せ、ポケットから白いハンカチ包みを取り出した。

「これ、見てもらえまへんかな」

包みを解く。中身はガラスのコップだった。

「村山はんの下宿にあったコップですわ。青酸が付着してました。見覚えありまっか」

差し出すのを、弘美は受け取った。覚えがない。村山の持ち物など知るはずがない。

「河野さんはどうです。よう見て下さい」

啓子もコップを手にして眺めていたが、知りません、と首を振った。

「無理おまへんなあ。こんな何の変哲もないもん、覚えのあるはずおまへんわな」

五十嵐はコップを元に戻し、

「ほな、失礼しまっさ。朝早うからすんまへんでした」

コートをはおって出て行った。意外にあっけない退場だった。

「ああ怖かった。定期入れの話が出た時は心臓が止まっちゃうんじゃないかと思った」

村山がインドで金と免許証を盗まれたことを、弘美たちは知っている。知っている

が、それを喋るわけにはいかない。啓子が村山のインド行きの目的についてシラを切り通している以上、口には出せない。

「でも、お啓、うまくいったじゃないの。何かぼんやりした刑事さんで」

五十嵐の出て行ったドアのあたりをまだじっと見ている啓子にいった。

「あの人、やっぱりプロや」

険しい表情で啓子は応じる。

「あのコップ、村山さんの下宿にあったもんやない。そうでしょ、あれがほんまに青酸の付いたコップなら、大事な大事な証拠物件よ。そのコップを勝手に持ち出せるはずがないわ」

「それじゃ、あれは偽物ってこと？　なぜそんなことしたんだろ」

「指紋や。私ら二人の指紋をとったんや。なかなかやるやない」

いわれて、やっと気づいた。本物の刑事はやはりすごい。

「村山さんのこと、どうなんだろ。信用したのかな」

「シッ、黙って」

啓子が鋭く制した時、ドアが開いて、五十嵐がまた顔をのぞかせた。

「何度もすんまへん。マフラー忘れてまへんでしたかな」

つかつかとこちらへ来て、

「あった、あった。この年になると物忘れがひどうてね。先が思いやられますわ」

苦笑しながらラクダ色のマフラーを手にして、また出て行った。

「案外、抜けてるところもあるんだね」

今度は小さな声で、啓子にいった。

「弘美て、どこまでもお人好しやね。あれも刑事の常套手段やないの」

あきれ顔で啓子がいう。

「わざと忘れ物をする。それを口実に、頃合いを見計らってまた姿を現す。その時、事情聴取した相手が、慌てて誰かと連絡をとりあっているとか、物的証拠を隠そうとしているとか、そういった現場を摑もうというのが狙いなんや」

なるほど、五十嵐にしろ啓子にしろ、弘美とは一段役者が違う。今後は全面的に啓子に寄りかかろうと弘美は決めた。

「お、おばはん、頼りにしてまっせ」

そんなせりふが口をついて出た。

「誰がおばはんや、妙齢の美女を捕まえて。私は蝶子やあらへんで」

啓子も『夫婦善哉』を知っていた。

日本画の絵具は、粉に碾いてニカワと練り合わせることができるものであれば、どんなものでも使える。長い歴史の中で、数多くのものがニカワによって画面に定着され、その中から発色性、耐久性にすぐれたものが現在まで伝わっている。「源頼朝像」は鎌倉時代の作品だから、当然、絵具はすべて天然顔料が使われている。上畳の部分を塗った白緑、平緒の群青、太刀の金茶など、色合わせは終わった。下描きものう完了した。しかし、弘美にどうしても分からないのは、肝腎の、頼朝が身につけている黒い袍（衣冠、束帯の時に着る上着）で、その表面には何とも理解しがたいつやがある。油絵具を塗ったようなヌメッとしたつやだ。動物、植物、鉱物、土などの天然顔料をニカワで定着しただけなら、どう考えてもこのつやは出ない。だからといって鎌倉の昔から油絵具などあったはずもなく、――もっとも、油絵の技法は古くから存在していた。古代の油絵は、油の乾燥剤として密陀僧という酸化鉛を用いていることから密陀絵と呼ばれ、法隆寺玉虫厨子の装飾画や正倉院の密陀絵盆などが残っている――このつやをどう理解し、表現したものかと、弘美は国立博物館で頼朝公と対面して以来ずっと頭を悩ませている。

「ねえお啓、この袍のつや、どうすれば表現できると思う」

このところ毎日のように同じ質問をしている。一種の気休めだ。

「その粉本の作者はどうしたんかな」

啓子が眼を机に向けたままで答えた。啓子のいうように、粉本にも独特のつやがある。粉本とはお手本のことをいう。弘美が今使っている粉本は、明治の初頭、当時の画学生がおそらく神護寺の実物を前にして模写したものだ。現在では一介の学生が「国宝」を直接模写することなど絶対にありえない。

「百年も前に描かれた粉本の作者から話が聞けると思う?」

「ほな、いっそのこと油絵具でも塗ってみたら」

「そんなばかな。密陀絵じゃあるまいし」

「へえ、そうかな」

啓子はこちらに向き直った。

「洋画と日本画の区別て何……題材、表現、それとも画材?」

「画材だろうね。油絵具を使うか、岩絵具を使うか、それだけの違いだと思う」

「確かにおおせのとおり。それやったら、油絵具と岩絵具の違いて、何?」

改めてそう訊かれると俄かには答えられない。

「要するに、固着材の違いや。油絵具は油を使い、岩絵具はニカワを使う。対して、顔料そのものは同じというてもいいんやないかな。今でこそ油絵具の顔料は化学的に作った金属化合物を使うてるけど、かつては天然の鉱石がその大半を占めてたんでしょ。ということは、昔は日本画も油絵も原材料は一緒やったということになるやないの」

乱暴な論理だが一理ある。

「要するに模せばいいのよ。模写の目的はそれなんやもん。ほんまに油絵具を使うたりしたら、あとで油が滲(にじ)んで大変やろけど、それくらいの柔軟な考え方をするべきやと、このわたくしは申しておるのでございます」

「なるほどね……」

いってはみたが、実際どうすればいいか見当がつかない。弘美は粉本を手にして考え込んだ。卒業制作展まであと一週間、気ばかりあせる。

「それにしても弘美はまじめやな。そうやって一所懸命考える。美大生の鑑(かがみ)や。私なんか楽することしか頭にないから、こうして墨一色の巻物を模写してる」

「でも、究極的には墨が一番難しいっていうじゃない」

「うん。ほんまはそうやねん」

臆面(おくめん)もなく同意するところが啓子らしい。

そこへ、永瀬と阿部が飛び込んで来た。二人ともまぶたがブクッと腫(は)れて、まさに寝起きの顔。

「今、刑事が来た。宿直室に来たんや。ほいで、さっきまで取調べを受けてた」

阿部が勢い込んでいった。

「取調べとは穏やかならざる表現ですね。訊込みというてよ」

啓子が応じる。

「そ、その訊込みを受けてたんや。寝てたんを叩き起こされて」

「鞭でピシピシ叩かれて。で、ぼんは何を白状したん？」

「村山さんのプライベートなことは知らんとシラ切り通したで」

「信用したと思う？」

「多分、大丈夫や」

「どんな刑事やった」

「八の字眉の風采の上がらん……」

「五十すぎのおじさんでしょ」

「何や、先にここへ来たんか」

「今ごろ何いうてるのよ。それにしてもあの刑事さん、警戒すべき人物やね。早くも私ら四人に目をつけてるんやから」

啓子は机に頰杖ついて考え込む。切れ長の眼が遠くを見据えて動かない。

「その刑事、ガラスのコップ出してな、これに見覚えないかと訊きよった。ぼく、そんなもん見たことないと答えた」

阿部はなおも言いつのる。

「そのコップ、どんな形」

「下の方に青いラインの入った安物のコップや」

弘美と啓子が見たのとは明らかに違う。啓子のいったとおり、コップは指紋採取用の小道具だったのである。

「これで私ら四人の指紋は官憲の手に渡ったわけであります。私ら結構疑われてるのかもね」

「冗談やないで。おれらが何をしたいうねん。たまたま村山さんと同じ模写専攻というだけやないか。何が悲しいて連続殺人なんかせないかんのや」

永瀬のふくれっ面。

「おもしろいやんか、こんな大事件にちょっとでもかかわりあえるて。またとない機会やし、テレビや小説とは違うほんまの捜査活動いうのをじっくり観せてもらおうな」

柔らかそうな亜麻色の髪を指先で梳き上げ、啓子は他人事のようにいった。


――午後、模写室は次から次に訪れる来客でごったがえした。日本画の教授、学生、OB、画材商、画廊主。「佐藤大雅堂」の番頭は村山にツケで売った岩絵具の代金が回収できないといって青くなっていた。とりわけ困っていたのが深沢とかいう画廊の主。村山の作品をあてこんでいたインド水彩画展が開催不能となり、頭を抱えていた。

夕方、五十嵐が再度現れた。若手刑事に指示して、村山の私物をロッカーごと運び去った。

弘美と啓子の制作はまったく進まなかった。

3

——二月二十日。朝一番、署長に捜査の進捗(しんちょく)状況を報告したあと、根尾が捜査本部に戻ると、部屋には川村ともう一人の若手の捜査員がいて、二人して捜索保護願の台帳を睨(にら)んでいた。

「どうだ、該当するのあったか」

挨拶(あいさつ)代わりに声をかけた。

「あきません。もう二十ほどの県警から返事がきとるんですけど、めぼしい情報ありませんわ」

川村が顔を上げて答えた。警視庁、及び各道府県警察に対する消息不明者、捜索保護願の対象者の照会の依頼は四日前、つまり死体発見の翌日に完了した。その回答が毎日のように捜査本部に送られてくる。

「やはり、こいつは望み薄だな」

「歯列の方が案外いけるかもしれませんね」

「可能性は充分ある。しかし、時間がかかりそうだ」

根尾は川村の隣に腰を下ろした。

〈余呉湖殺人死体遺棄事件〉の捜査本部員は、県警と余呉署の応援捜査員を合わせて、現在二十三名。そのうちの十二名が二人一組となって歯型から、被害者の身元を洗うべく、県内の歯科医院を巡り歩いている。県内でダメなら、いずれ京都、大阪、奈良、和歌山と、その対象範囲を広げる予定だ。被害者の歯列は、——上顎、右第一大臼歯、左第一、第二大臼歯にアマルガム充塡。下顎、右第二大臼歯、左第一大臼歯、銀冠、と、これといった特徴のないものである。そのメモを手に捜査員は歯科医院を訪れてカルテを提出してもらい、一枚ずつ照合して行く。歯列表を送付するだけで調査してくれるような暇な歯科医はいないから、照合はすべて捜査員の仕事となる。気の遠くなる作業だ。

キャッツアイとともに胃の中にあった餃子についても、追跡作業は進められている。余呉町、木之本町を中心に、北陸自動車道沿いの米原、彦根から近江八幡、大津近辺までその対象範囲を広げ、餃子を扱う店の訊込みをしているが、現在のところ収穫なし。

「科捜研に依頼した件、どうですかね」

川村が茶を淹れて持って来た。根尾はひとすすりして、

「頭蓋骨の状態いかんだな」

呟くように応じる。

死体は滋賀県立医大の法医学教室にある。先日、そこに大阪府警の科学捜査研究所から研究員がやって来た。復顔用のデータをとるためだ。普通、復顔法は、白骨化した死体や、腐乱した死体から個人を識別するために行う。頭蓋骨の上に粘土で肉づけをし、その人の生前の顔貌を復元するのである。肉づけは、頭部と顔面部の軟部組織の平均的厚さに関するデータをもとにして行うわけだが、この方法では鼻尖部、唇、耳の形状、眉毛の形、濃さ、まぶたが一重か二重か、髪形はどうか、といったことまでは推測できないので、著しい成果は期待できない。

「あんなもん、気休めでっせ」

と、広言して憚らない捜査員もいる。

しかし、今回の事件は違う。死体の顔は潰され、髪の毛は短く切られているが、眉の形、まぶた、及び耳の形状は分かる。頭蓋骨のレントゲン写真を撮り、額、頬など軟部組織の厚さを測れば、少なくとも白骨死体よりは随分実物に近い復元像が得られるはずだ。頭蓋骨自体の損傷さえひどくなければ、望みはある。

また、一昨日の京都の事件が、キャッツアイ連続殺人事件と目されているだけに、その線から身元が判明する可能性も出てきた。けれど、それは困る。根尾は、京都府警にだけは、どうあっても後れをとりたくなかった。余呉の死体は滋賀県警独自の捜査でその身元を割り出したい。通常、死体遺棄事件は、被害者の身元が判明した時、ほぼ解決する。

「川村君、科捜研に電話を入れて、作業の進み具合を訊いてくれ」

「研究員がデータを持って帰ってからまだ三日ですがな。そんなに進んでないでしょ」

「かまうもんか。何度も電話すれば、向こうもそれなりにはりきってやってくれる」

「はい、はい」

川村は笑いながら受話器をとった。


五十嵐は朝から岡崎の府立図書館にいた。法勝寺の自宅から歩いて十五分の距離だから、普段もしばしば利用する。非番の前日はここに立ち寄って、もっぱら時代小説を借りて帰ることにしている。推理小説は読まない。仕事の臭いのするものはご免こうむる。

五十嵐は司書に頼んで選んでもらった五冊の本を机の上に並べ、メモ帳を取り出した。『宝石』『続宝石』『宝石は語る』『宝石の科学』『原色版鉱石図鑑』。一冊ずつ丹念に読み、その都度メモをとる。図鑑を除いて、あとはどれも似たような内容だった。

キャッツアイ——鉱物名、クリソベリル。アルミニウムとベリリウムの酸化鉱物。硬度八・五。比重三・七五。屈折率一・七五。産地、インドのケララ州、スリランカ、タイ、ミャンマー。斜方晶系単結晶で、内部に細かい繊維結晶が密に並んでいるため、結晶柱に直角の方向を頭にしてカボッションカットすると、つまり、丸く磨きあげると、一本の光条が現れ、しかもこの光条は眼の動きとともに動くように見える。この種の光の効果のことをシャトヤンシー（変彩効果）と呼ぶ。蜂蜜色ではっきりとした線の出るのが最高とされ、ダイヤモンドをしのぐ高価な宝石である——。

適当に取捨選択して、それだけをメモした。五十嵐の興味をひいたのはただ一点、産地がインドのケララ州である、ということだった。

被害者、村山光行はインドから帰国して、その十日後に殺された。キャッツアイ、インド、これは何かある。刑事の勘がそう告げる。

本を返却し、歩いて四条河原町へ向かう。

五十嵐は笹野から宝石流通に関する情報を集めるよう指示されていた。どこから手をつけていいか分からず、顔見知りの記者に訊くと、四条河原町の宝石店を紹介してくれた。「京新宝石店」、創業六十年の老舗だ。

約束の午前十一時、河原町通りに面した店の前には主人が立っていた。五十嵐より少し年上か、白髪の肥った男だった。濃い緑のツイードジャケットに白っぽいフランネルのスラックス。いかにもお金持ってますという雰囲気に、悔しいが気圧されてしまう。

主人は新谷と名乗り、五十嵐を店内に招き入れた。ショーケースの向こうには三人の男子店員がいた。

二階の応接室に五十嵐と新谷は腰を落ち着けた。

「ご存知やと思いますけど、我々は今、例のキャッツアイ殺人を捜査してまして、新谷さんには宝石の流通経路を教えてもらいたいと……」

「やはりあの事件ですか。新聞で読みました。実に嘆かわしい。あの犯人、宝石を何と心得ておるんですかな。死人にキャッツアイを食わせるなど、もってのほかですよ。宝石というのはね、生きた人間、それも美しくありたい人に夢を与えるものなんです。それを、いやしくも死人の口に放り込むなど、言語道断ですな」

少なからず論点がずれている。五十嵐は宝石の使用法など聞きに来たのではない。

「あのキャッツアイ、新谷さんはどういう経路を流れたと思いますか。例えば、密輸品であるとか」

五十嵐は具体的質問に切り替えた。

「密輸品ねえ……」

新谷は空になった白磁の湯呑み茶碗を弄びながら、

「発見されたキャッツアイの重さは」

「二カラットですわ」

「質は」

「専門家にいわせると、最高級の石やそうです」

「滋賀のキャッツアイはどうです」

「大きさ、質とも、極めて類似してますな」

「なるほどね。それなら、プロの仕業だ」

「プロ……」

「密輸のプロですよ。キャッツアイの最高級品はね、ダイヤとほぼ同じ価格なんですよ。だからそのキャッツアイ、プラチナの枠を付けて五百万から六百万にはなるでしょう。それくらいの高価な石になると、とても素人の手には負えません。二十万、三十万程度の屑石なら香港やバンコクでいくらも売っているから、観光客が土産物として買うことはできます。しかし、五、六百万となればね……宝石専門のプロでなければ扱うのは無理でしょう。プロの眼でしっかりと鑑定しないことには偽物を摑まされますよ。第一、一見の観光客相手にそんな高価な石、売ってくれません」

「密輸のプロというのは」

「一匹狼の不良宝石ブローカー。我々のようにまじめな商売をしているところは、あいつらにどれだけ迷惑を被っていることか。売りっ放し、やりっ放しで、あとは知ったことじゃない。鞄ひとつの浮草暮らしだから文句の持って行きようがない。お客様にも非はあります。ただ安ければいいという考えなんだから。随分ひどい石を掴まされてますよ。我々のような老舗は厳しく選別した間違いのない石を正規のルートで輸入し、ちゃんとした鑑定書を付けてお客様に提供する。その結果、お客様は安心して良い品を手に入れ、我々も少しばかりの利益をいただく。それなのに、あいつらと来たら――」

新谷は不良宝石ブローカーに対する憤りとも愚痴ともつかぬことを長々と喋り続ける。無駄な時間が過ぎるばかりだ。

「その密輸ルートいうの、詳しいに教えてもらえませんかね」

五十嵐は口をはさんだ。

「それが分からないから我々も困っているんです。そりゃあ、香港やバンコクから入って来ることくらい分かってますがね。いい機会です、調べて摘発して下さい」

苦々しげに新谷はいい、たばこに火を点けた。

「つまり、宝石の密輸というのはその道のプロしかできん、いうことですな」

「さっきも申したように、観光客が税関を通さずに持ち込んだ安物の宝石を密輸だと断定するのなら、話は別ですがね」

「発見されたキャッツアイが密輸品であるか、それとも正規輸入の品であるかは……」

「おそらく密輸品でしょう。その理由はね、さっき、滋賀のキャッツアイと京都のそれとがほとんど同じだとお聞きしたからです。キャッツアイはダイヤなどと違って需要が少ないから、輸入量が極めて少ない。だから、国内市場で同じ大きさ、品質の石を揃えるのが難しい。難しいが、香港やバンコクなら可能です。それに、最近京都で二カラットのキャッツアイが売れたという話は聞かない。蛇の道はヘビ、五、六百万もの取引なら必ず私の耳に入るはずです」

「密輸のルート、分かりますか」

「それは無理ですな」

新谷は言下に否定した。

「宝石の場合、それも密輸の場合、いったん日本へ入って来たら、あとの動きはまったく分からんのです。すべて闇取引。宝石を買いたいユーザーの側が闇取引を望むんだからどうしようもありませんな。お互いギブアンドテイク、税務署が怖いんですよ」

「それやったら……」

「ま、お手上げでしょうな、キャッツアイをお調べになるのは」

新谷はソファに背をもたせかけ、上を向いてゆっくりとけむりを吐く。五十嵐には、その仕草がひどく傲慢なものに思えた。

「でね、私もインドへ行ってみよかなと思てんのよ」

啓子がこともなげにいった。

「イ、インド?! だしぬけに何をいうんや」

阿部が眼を丸くする。

「インドいうたら遠いんやで。外国やで。日本語通じへんのやで。ターバン巻いた人が街中を歩いてはるんやで。そんなとこへ何しに行く」

「別に、お嫁に行く気はないけど」

「冗談いうてる場合か」

と、永瀬。

「冗談でこんなこといえる? ほんまに行くつもりよ」

「どういう考えなんや、詳しくいうてほしいな」

「私ね、村山さんがインドへ行った目的、別のところにあったんやないかなと考えてるのよ」

「スケッチ旅行じゃなかったの?」

弘美が訊いた。模写室に四人が集まると、決まって村山の話題になる。

「それもあるでしょ。けど、それやと、どうもぴったり来えへんのやね」

「ほな、ハシシを買いに行ったとでもいうんか」

永瀬がいう。

「そこんとこが分からへんのよ。……ちょっと待って」

啓子は部屋の隅にある個人ロッカーの鍵を開け、三冊のスケッチブックを取り出した。こちらに持って来る。表紙には、どれも黒のフェルトペンでM・M、と大きく書いてある。二日前の早朝、——二月十九日だった——慌てふためいて手に入れた村山光行のものだ。以来、村山のスケッチブックは啓子が隠し持っている。

啓子は〈NO・1〉と書かれた青いスケッチブックを開いた。表紙の裏に、〈十二月五日、阿部三万円、永瀬一万円。十二月六日、河野五千円、羽田五千円〉とある。弘美たち四人がカンパした金額の控えだ。あの日、永瀬と啓子が懸念したとおり、村山は律義にもメモを残しておいたのである。二月十九日の夕方、五十嵐刑事が模写室に現れて、村山の持ち物を一切合財運び去った。スケッチブックが五十嵐の手に渡っていたなら、四人は今頃、警察の取調べ室にいたかもしれない。啓子や弘美の五千円はまだしも、阿部の三万円というのは学生の餞別にしては額が大きすぎる。

弘美は村山のスケッチブックを見るたびに、啓子の機転に感心し、感謝をする。

「これを見て、思いあたることとない？」

啓子はスケッチブックのページを一枚ずつ、ゆっくりめくる。

近代西欧風の花壇と芝生が整然と区画された庭園を中心に、背景に装飾円柱の回廊を配した絵。高くそそり立つ塔を描いた絵。どの絵も油性のサインペン、もしくは濃い鉛筆で描いた線描きに透明水彩で淡く色をつけている。どの絵にも、画面の下に〈十二月十七日、インディアンミュージアム〉、〈十二月十九日、カーリーガートテンプル〉といった具合に、日付と場所が書かれている。

十枚ほどそんな名所旧跡のスケッチが続き、次は一転して街中の風景となった。いかにもインドらしい雑踏を背景に、街頭の水売りを描いた絵。遠近を強調するためか、広い通りを真中に据えて、こぼれんばかりに人を乗せたバスを描いた絵。おそらく路上生活者だろう、土色のサリーをまとった母親が火をたきつけているのを裸の小さな子供がじっと見つめている絵。その下にも〈一月十二日、サダルストリート〉〈一月十四日、チョーロンギー〉と覚え書きがある。

十六枚目からは田舎のスケッチ。土造りの低い瓦屋根の家のそばで羊を追っている男。夕暮れ時、遠い地平線にポツンと一本のヤシが描かれたオレンジと黒の絵。〈一月十六日、ヴァラナシ〉とある。

一冊につき十五枚弱、三冊分、計四十枚のスケッチを見終わった。村山の絵は結構手慣れたデッサン力のあるものだった。

「どう、ご意見は」

「なかなかうまいがな。色調はもうひとつやけど」

永瀬が評した。

「そんなこと訊いてないわよ。何か変なとこはなかったかというてるの」

「分からんなあ」

阿部が首をひねる。

「もう、鈍いんやから……」

いいつつ、啓子は〈NO・3〉のスケッチブックをもう一度開き、

「この絵にご意見は」

と、画面を指で叩いた。男と女の顔が大きく並んで描かれている。これが四十枚目の最後の作品だ。

「下手やな。アベックか」

「夫婦かもしれんで」

「インド人やないな」

「この顔は日本人やで」

「現地で知り合うた旅行者やろ」

永瀬と阿部は声高に言いあう。

「お黙り」

啓子の一喝。

「あんたら、いったいどんな神経してるの。誰が感想を述べよていうた」

「ほんなら何やねん、分からへんがな。もったいぶらんというてえな」

阿部が弱々しく抗議した。

「あのね、この三冊のスケッチブックの絵はね、みんな風景なんよ。最後の一枚を除いて……。村山さん、インドへ行く前、私らにどういうた？　風景を描きためて、個展を開くとかいうてたでしょ。そやのに、たった一枚人物画が交ざってる。おかしいと思わへん？」

「そういや、そうやな。あの村山さんが人物を描くやて、こらちょいとおかしい」

美大でも四回生あたりになると、作風が固まって来る。モチーフも固定する。風景、静物、人物、動物と、自分の専門を決めてしまう。いつまでも専門が決まらないのは、見込みのない証拠。いずれ日本画の世界から消えて行く。

「それに、この人物を見てみなさい。ただの線描きでしょ」

そういえば、この作品だけが、彩色されていない。

「解説と名前までついてるがな」

ご丁寧に、男女それぞれの特徴が文章で添えられている。

〈男――角顔、頬骨張っている。眼細い。髪長い。少しウェーブ。女――一見かわいい。眼は一方が二重で、他方は一重。唇、小さく赤い〉

その上、男の鼻の右横に小さく点を描き、〈ホクロ〉とまで書かれている。男の顔の下には、〈原田（はらだ）ケンジ〉と名前がある。女の方にはない。男女とも絵で見る限りは若い。弘美たちと同年輩か。

「私、思うんやけど」

啓子はゆっくりと話し始めた。

「村山さん、この二人の人相を記録に残しておきたかったんや。そやからこそ、顔の特徴を文章で書いた。そうでしょ、この人物画がまがりなりにも作品であるなら、文章は不要やし、こんなところにわざわざ線をひいて、〈ホクロ〉なんて余計なこと、絶対に書くはずないもん。それに、この絵は、デッサンやない。モデルを前にして描いたもんでもない。想像……いや、記憶で描いたんや。でないと〈眼は一方が二重で、他方は一重〉なんて、いやしくも画学生であるなら恥ずかしいて書けへんわ」

「なるほど、いわれてみれば確かにそのとおりや。ほな、村山さんは何の目的でこんな記録を残したんや」

永瀬が訊く。

「どういういきさつかは分からへんけど、村山さん、この二人と何らかの関係があったのよ。それが、友好的なものか、あるいは非友好的なものか、今は想像のしようもないけど、とにかく、関係はあった。あったからこそ、この絵を描いた。村山さん、インドから帰って来て私らに会うた時、どういうた？――実はインドで金盗まれた。現地で知り合った日本人の学生に金借りて何とか日本に帰って来た――確か、そんなことをいうてたね」

「分かった」

突然、阿部が大きな声をあげた。

「この絵の二人、その日本人の学生やがな。何やそうやったんか。それで村山さん、二人の顔を描いたんやな」

「さすが、ぼん、頭の回転が早いわ」

啓子は眼を細めて阿部を見る。

「そうかなあ……そうでもないけど」

阿部は、頭をかく。

「その回転が正しい方向に向いたら相当の人物になれるんやろけど……残念ながら、ずっと的外れの人生を送りそうやね」

啓子はいかにも情けないといった顔をして、

「あのね、ぼんは見ず知らずの人にお金を借りる時……そう例えば、河原町あたりでお金を落としたことに気づいて、帰りの電車賃を、通りがかりの人に借りるとしてみよか。その時、ぼんはいちいち相手の似顔絵を描く？　そんな面倒なことするわけないよね。もし、お金を返す気があるんなら、自分の名を告げた上で、相手の住所なり、名前なりを訊くんやないの？　それが普通でしょ」

「…………」

三人は押し黙ったまま、啓子の口許を見つめる。

「私、この絵の二人が事件の鍵を握ってる、そんな気がして仕方ないのよ」

「それでいったいどうしようというんや、何でインドくんだりまで行く？」

的外れの人生を予言された阿部が口を尖らせる。

「キャッツアイよ、キャッツアイ。村山さんはキャッツアイを呑んで死んでた。キャッツアイの主産地はインド、スリランカ、ミャンマー。私、事件の鍵がインドにあるような気がする」

「まるで探偵さんやな。推理小説の読みすぎやで」

「酔狂よ、酔狂。こんなあほなことできるの、一生のうち今だけやんか。私が前々からインドへ行きたがってたこと、みんな知ってるでしょ。いい機会やし、行かせて」

「成算あるの」

弘美は訊いてみた。

「ある。このスケッチブックや。私、村山さんが動いたのと同じコースをたどってみるつもり。このスケッチブックがある限り、私ら、警察よりは有利な立場にいてる」

「そら、なるほどそうかもしれん。けど、探偵ごっこなんかするメリット、どこにあるんや。女ひとりインドへ行って、野垂れ死にするつもりか」

永瀬は腕を組み、椅子に深くもたれかかる。

「ほんまや。やめとき。お啓にもしものことがあったら、ぼく……悲しいがな」

阿部は最後のところを小さく呟くようにいった。男二人がこんな引っ込み思案でどうする。弘美は反撥を感じ、

「おもしろそうじゃない。行ってみればいいのよ」

つい口に出してしまった。

「ほんま? ほんまにいいんやね」

啓子の表情がパッと明るくなる。

「おれら、お啓の保護者でもなし、そんなもん勝手にしたらええやないか」

永瀬の憮然とした顔。

「よし、決まった。ほな……」

啓子が手を出す。

「何や、その手」

「分かりきったこと。餞別やないの」

三人は唖然として啓子を見る。

「ディスカウントの航空券が往復で十三万円。ローンにすると、頭金三万円。インドでの滞在費を七万とみて、計十万円。二人分で二十万もあったら充分やね」

「二人分？」

いっせいに声があがった。

「当然やんか。かよわい女一人で行けますか、あんな遠いとこ」

「そうか、分かった。おれ、十万都合する。おれも前からインドへ行きたかったんや」

と、永瀬。

「ぼく、お啓の分も入れて、二十万円用意するわ。お袋に頼んでみる」

と、阿部。

この男たちの本質がみえる。何を考えていることやら。

「うれしいな、この麗しき友情。お二人さん、今の言葉に偽りあるまいね」

「あらへん」

「ほんまにないんやね」

「しつこいな。男に二言はない」

と、二人。啓子は弘美を見て、

「よかったね弘美。持つべきものは友。この騎士（ナイト）お二人が私らの旅費、出してくれるんやて」

涼しい顔でいった。


弘美はインドなんか行きたくなかった。なぜこの私が啓子の気まぐれにつきあわねばならないのかと不満で仕方なかった。

で、丸々二日間、弘美は啓子の説得工作を受けた。なだめ、すかされ、脅かされ、最後には友達の縁を切るとまでいわれて、ついに弘美は落ちた。

それからは眼のまわるような忙しさだった――。

弘美は、頼朝像の模写を一時棚上げにした。黒い袍（ほう）のつやを正しく表現するには、時間が少なすぎた。技法は二、三思いついたが、試してみる余裕がなかった。結局、卒業制作展には、以前仕上げた「信貴山縁起絵巻」をあてた。

航空券を手に入れ、査証（ビザ）が下りるまでの間、啓子は、インドへ行ったことのある美大の学生を捕まえては情報を集めていた。

――二月二十八日。蚊取り線香、トイレットペーパー、懐中電灯、錠前、シュラフ、スポンジマットと、インドならではの必需品をリュックに詰め、二人は雨の大阪国際空港を飛び立った。

明日からは三月だというのに、大阪では朝からみぞれまじりの雨が降っていた。桜の開花が、今年は半月ほども遅れるという。

午前五時、まだ暗い中を、片山巡査部長と西村巡査は雨具をつけて派出所を出た。ひしめきあって軒を接した住宅の低い屋根越しに、高くそびえ立つ通天閣を通りの向こうにのぞみながら、天王寺動物園のコンクリート塀に沿って南へ歩く。突きあたりの地下鉄動物園前を右に曲がり、ジャンジャン横丁を抜けて、恵美須町に戻るのが毎朝の巡回コースである。巡回時刻が早いのは、動物園前を五百メートルほど西へ行ったところに、あいりん労働福祉センターがあり、そこで五時頃から労働者の募集手配が行われるためだ。

淡い街灯に照らされて、人影が見えた。タオルを首に巻いた作業服の男がコンクリート塀に背中をもたせかけ、歩道に脚を投げ出していた。この近辺では、酔っぱらいは珍しくないが、今日は雨が降っている。下手をすると凍死してしまう。

「おい、大丈夫か、起きんとあかんで」

片山は声をかけた。

起きる気配がない。

「な、こんなとこに寝てたらあかん。死んでしまうぞ」

肩を叩いた。

「こら、起きんかい。凍え死ぬぞ」

今度は頰を叩いた。

その拍子に、開いた口からキャッツアイがころがり落ちた。

4

乗り継ぎの便が悪く、バンコクで二日も足止めを食ったので、機内からインドを見た時は正直心がはずんだ。四時間も坐っているだけの単調さから、やっと解放されると思うと余計に嬉しい。

「お啓、着いたね」

「うん。これがインドなんやな。ほんまに来たんやな」

啓子の表情も上気したように見える。

弘美は窓に顔を近づけた。見渡す限り、赤茶けた平地だ。三月初旬といえば、インドではもう初夏であり、乾期でもあるため、緑はあまり見られない。畦がどこまでも走っている。大地に起伏はなく、遠くには地平線があった。

機はカルカッタ郊外、ダムダム空港に降りた。

税関を出た。バンコクもそうだったが、ここはよりいっそう日射しが強い。

「暑い、暑い」

啓子は早くもTシャツ一枚になっている。

「カラッとした暑さだと聞いたのにね」

「ベンガル湾に面してるからや」

日本の真夏のように蒸し暑い。湿気が肌にまとわりつく。

「とにかく、この荷物を何とかしようよ」

「早う（はよ）ホテルへ行こ」

重いリュックを背負った。カルカッタでの宿舎はインターナショナルゲストハウス。カルカッタ南部のゴルパークにある。

ゲストハウスに着いた。チェックインを終え、部屋に入る。石張りの床に、ベッドと木製のロッカーを置いただけの簡素な造りだ。四メートルほどもある高い天井から大きな扇風機が下がっている。

「うん、これぞエスニック」

啓子はさっそくエアコンのスイッチを入れ、ついでに扇風機をまわして、ベッドの上に大の字になった。

弘美は窓から外を観察。部屋は四階だし付近に高い建物はないから見晴らしがいい。赤茶色のセメント瓦を葺いた煉瓦造りの家、塗装が剝げて今はコンクリートブロックの地肌を見せている三階建のビル、ところどころ剝がれてでこぼこになった石畳の道路、点在するヤシの並木、どれもが古びて、存在感があって、いかにも時間がゆるりと流れている。

すぐ眼の下の狭い道路脇にカラスが十数羽いて、それを子供が棒で追っている。カラスの飛び立ったあとには犬の死骸があった。村山を思い出す。

「お啓、これからどうするの」

弘美はふり向いていった。

「カルカッタに四、五日腰を落ち着けて、村山さんのスケッチした場所を訪ね歩いてみるわ」

村山がカルカッタ市内を描いた作品は十五枚ある。

「今日の予定は」

「旅の疲れをとるため、お昼寝と行きたいとこやけど、そうもいうてられへん。とりあえず切符の手配をせんと」

次の目的地ヴァラナシへは鉄道で行くと啓子はいう。村山はカルカッタからヴァラナシへ向かっていた。

「私、ここにいちゃいけないかな」

あのギラギラした日射しを思うと、外に出るのがおっくうだ。

「あーあ、これやもんな。着いた途端に、もう怠慢風吹かしてるわ」

「でも、急に灼けると肌に良くないでしょ」

「あかん、あかん。肌は灼いても心は錦、何事にもチャレンジ精神を失くしたらあかん。とにかく、今日は司令官の指示に従いなさい。まず、エア・インディアのオフィスで市内の地図をもらう。次に、鉄道予約オフィスへ行く。いいね」

啓子はベッドからはね起きた。

カルカッタ市街の中心チョーロンギーから北へ二キロメートルほど行ったところに東部鉄道切符予約オフィスはあった。予約の必要な切符はここで手配するのが駅へ出向くよりは便利だ。

カウンターの向こう側に数人の係員が並んでいて、行先、日時、席の種類等を告げると、極めて事務的に不愛想に、乗るべき列車名、コンコース、出発時刻を教えてくれる。もちろん詳細な時刻表もあり、概ねそのダイヤどおり列車は運行されているから、いちいち教えを乞う必要はないのだが、何しろ臨時増発や廃止便が多いので、こんな具合にその都度係員に訊ねるのが上策だ。

確認を済ませると、次は切符の購入。隣の棟が切符の購入センターとなっている。二等寝台車はヴァラナシまで一人分が二十ルピー（約六百円）。啓子はガラス窓から百ルピー札を差し出した。係員は百ルピーを受け取って、さて、切符と釣りをくれると当然弘美は予想する。ところが、そのどちらもくれない。ガラスを挟んでしばし沈黙が続く。カウンターの奥で切符を用意しているのかと思いつつ、もうしばらく待つ。そのうち、後ろに並んでいたインド人たちが自分たちの切符を受け取り始める。係員は何食わぬ顔で作業を続けている。これはどうもおかしい。

「お啓、どうなってんだろ。百ルピーとったっきり、何もくれないじゃない」

弘美は啓子の肘をつついた。

弘美は英語をあまり喋れない。インド人相手の交渉はすべて啓子に頼っている。かといって啓子が英会話に堪能だというわけではない。弘美より少しはマシ、という程度だ。語彙の不足を度胸でカバーしている。

「ほんま、おかしいな。どないなってんねやろ」

不安げに啓子が応じる。

「あなたはなぜ切符と釣りをくれないのか」

啓子は係員にいった。

「私は釣りを持っていない」

係員は答えた。

　この程度の会話なら弘美にも理解できる。ヒゲをたくわえたたいそう立派なご面相の係員は平然として後ろのインド人相手に仕事を進める。釣りを持っていないのは分かったが、だからといってどうするつもりなのか。

「私は切符と釣りが欲しい」

　啓子は強くいった。

「あなたはちょうど四十ルピーを支払わねばならない」

「私は百ルピー札しか持っていない」

「十ルピー札か二十ルピー札を持って出直して来い」

「百ルピー返せ」

「だめだ。四十ルピー持って来い」

　このやりとりの間、相手は平然として終始無表情。啓子は噴き出る汗をものともせず、カウンターをこぶしで叩き、床を踏みならし、まわらぬ舌で訴える。

「百ルピー返せ」

「だめだ、四十ルピー持って来い」

「なぜおまえは私の金を返さない」

「だめだといったらだめだ」

このあたりから双方早口でまくしたて始めたので、弘美には何をいっているのか分からない。ただ、啓子の言葉の端々に、「あほ」「ペテン師」「すかたん」といった日本語が交じるのは分かる。

「弘美、こらあかんわ……」

根負けしたのか、啓子がふり返っていう。

「あいつ、どうしても返さへんつもりや」

「そんなばかかな……」

「英語やとケンカもできへんわ。どうしても相手に理解させせんとあかんいう意識があるから、時々フッと冷静になってしまうんや」

こんな理不尽なことがあろうか。切符も釣りも渡さずして百ルピー札だけはどうしても返そうとしない。敵はガラス窓の向こうだし言葉も不自由だ。勝ちめがない。

「インド手品」と呼ばれるものがある。例えば、店で十ルピーの品物を買って百ルピー札を出すとする。店員は客の眼の前で、品物を出した上、釣り銭を数え始める。十、二十、三十……と、客に確認を求めるように数えてみせる。九十、と大きな声でいって、その釣りを渡す時に一、二枚の札をこっそりと手の中に忍ばせる。客が黙ってその札をポケットに入れればもうけもの。ばれたら仕方なく返す。決して慌てたり謝ったりはしない。――と、弘美も啓子もこの程度の予備知識は持っていたのだが、この事態はちょっとひどいのではないか。

「よろしい、私は十ルピー札を持ってここに戻って来る。確と待っているように」

啓子はそういって弘美の手をとり、外に出た。

「戻ってみたら、あいつ、いないいんじゃない？」

「そんな筋書きかもしれへんな……とにかく急がんと」

公定レートは一ルピー、三十円くらいだが、現地での実勢価格は約三倍。つまり一ルピーが百円くらいの感覚だ。百ルピーはインド人にとって一万円に等しい。だから、近くの露店では両替できない。

弘美と啓子は郵便局に飛び込んだ。案の定、両替はしてくれない。それでは、と切手を所望した。百ルピー札を出す。局員は露骨に嫌な顔をして釣りがないと答えた。ぐずぐずしてはいられない。近くの店でサンダルを買ってやっと釣りをもらった。百ルピー奪還の使命に燃えつつ購入センターに戻る。係員は持ち場にいた。

「四十ルピー持って来た。切符と百ルピー札を返すがよかろう」

啓子は四枚の札を差し出す。係員は案外すんなりと百ルピーを返した。

「あほ、まぬけ、出べそ」

啓子は笑いながら日本語でいった。係員は唇の端で笑い、目礼した。

購入センターを出た。バス停めざして歩く。道は、バス、車、スクーター、人力車、大八車、あらゆる車のついたものでごったがえしている。

「お啓、帰ろうよ、日本へ」

「何や、もうホームシック？」

「いや、カルチャーショック。最初からこの調子じゃ、私、とてもじゃないけど、ワトソン役が務まるとは思えない」

「確かに前途多難ではあるな」

「私、自信ない。ね、帰ろ」

「何いうてんの、弘美らしくもない。あんたはお嬢さんぽく見えて、その実、芯（しん）の強いのがただひとつの自慢やなかったん？」

ほめているのか、けなしているのか分からない。

「これは遊び。要するに、ごっこ。探偵ごっこなんや。あんまり深く考えたらあかん」

啓子は足を止め、屋台のジュース屋が板の上に積み上げているオレンジを二つ手にとった。おやじさんに十ルピー札を渡すと、七ルピーの釣りがあった。

「ほら、元気出しなはれ」

オレンジを放って寄越した。その場で食べる。日本のネーブルから酸味だけを抜いたような、ぼんやりした味だ。

「ここはインドなんや。日本流の常識いうやつは捨ててかからんと……よういうやろ」

「何て」

「トラベルはトラブル」


ヴァラナシ行きの列車は五日後にカルカッタを出発する。それまで、弘美と啓子は村山の描いたカルカッタ市内の十五カ所を巡り歩くつもりだ。

切符を購入した次の日、弘美が一階の食堂で遅い朝食をとり終えたところへ、大きな紙包みを抱えて啓子が帰って来た。弘美が目覚めた時、啓子は部屋にいなかった。

「どこ行ってたの。あんまりハラハラさせへんでよ」

別に心配はしていないが、そういった。

「ごめん、ごめん。それより、早う部屋に戻ろ」

啓子に腕をとられ、弘美は部屋に戻った。

「へっへー、楽しみ、楽しみ。これ見て」

啓子は紙包みを破る。中は眼を射るような鮮やかなオレンジの布だった。

「サリー買ったの」

「の、ようなもん」

啓子はTシャツを脱ぎ捨て、ジーンズも脱いで、ブラジャーとショーツだけになった。

オレンジの布を手早く身につける。上は、小さな立襟のタイトなシャツ、下は足首のあたりを細く絞り込んだパンツ。共地のスカーフを肩にかける。シャツの裾はお尻を全部隠すくらい長い。

「パンジャビードレスいうねん。どう」

啓子は腕を広げ、クルッとまわってみせる。

「未婚の子女はこのドレスを着るそうやで」

ついでに、きのう買った革のサンダルを履いて、啓子は部屋をひとまわりする。背が高く、顔の彫りも深いから、まさにインドの良家の子女といったおもむきだ。

「それ、どこで買ったのよ」

「作ったんや。朝、バザールの仕立て屋さんで寸法をとってもろた。二時間待ったら出来上がり」

「抜け駆けとは卑怯なり」

三時間後、弘美と啓子はパンジャビードレスにサンダル、といったいでたちでゲストハウスを出た。弘美のドレスは淡いレモンイエロー。本当は水色にしたかったのだが、啓子がオレンジと水色は合わないと言い張るものだから、渋々、イエローにした。

しかし、こうしてスカーフをつけ、革の華奢(きゃしゃ)なサンダルと組み合わせてみると、自分でもきまった、と思わざるをえない。民族衣装はいい。

ゲストハウスから約六キロ、啓子は村山の、弘美は自分のスケッチブックを手に、タクシーでチョーロンギーへ出た。市内一番の繁華街だ。まだ朝の十時だというのに見渡す限り人がうようよいる。十車線の広い車道に面した歩道は幅四メートルほどもあるが、弘美と啓子が横に並んだらまっすぐに歩けない。それくらいの雑踏だ。

チョーロンギーの中心、インド博物館に着いた。一辺が百メートルもあろうか、石造り二階建の随分大きな建物だ。ここの中庭で、村山は二枚のスケッチを描いている。

五十パイサを払って入館する。

中庭はあとにして、まず博物館内部を見学することにした。一階をゆっくりまわる。モヘンジョ・ダロからの出土品、古い陶片、ベンガル山猫やコブラなどの動物の剝製(はくせい)、鉱物標本、種々雑多の展示物があった。

博物館の二階は、インドミニアチュール（細密画）、更紗(さらさ)、衣装、少数部族民の民具等が展示されていた。特に、ミニアチュールには二人とも大いに興味がある。どの作品も、大きくて四十センチ、小さいものなら十センチ四方のこぢんまりした画面に描かれている。人物なら髪の毛の一本まで、衣装は模様から織り方まで、風景なら葉っぱの一枚ずつまで、文字どおり細密な筆使いで表現されている。色調は比較的鮮やかで、それでいて柔らかい。十六世紀、ムガール帝国の時代、ペルシャ絵画の影響を受けて盛んになった描法だ。ムガール王侯貴族の生活やクリシュナ信仰に題材をとったものが多い。

「な、これ見て、このまつ毛、どんな筆で描いたんやろ。……あ、これはおもしろい。弘美、ちょっと来て」

啓子は感心するたびに弘美を呼びつける。落ち着いて見ていられない。啓子が後ろを向いた隙に、弘美は隣の展示室へ逃げた。ひとりでじっくりと鑑賞する。どの作品もすばらしい。時間が経つのを忘れる。

ミニアチュールをひととおり見終わって、中庭に面した廊下へ出た。ふうと一息つき、ベンチに坐(すわ)る。日陰を吹き抜ける涼しい風が心地良い。

啓子が出て来た。弘美の隣に腰かける。

啓子はスカーフをうちわにして風を送りながら、片手で村山のスケッチブックをめくる。一枚目はこの二階の廊下から俯瞰(ふかん)した中庭の全景だった。ちょうど二人が坐ったベンチのあたりから描いている。中庭は長方形、真中に八角形の植栽があり、そこから四方に石畳の通路が伸びている。通路の両側には低い生垣、あとは一面の芝生という典型的な英国式庭園だ。

「あそこに石像があって、花壇らしきものもある……」

啓子は眼の前の庭とスケッチを睨みながら、ひとつひとつ比較対照して行く。

「うん、異常なし。村山さん、案外忠実に写生してるな」

大きく頷いて、確認終了。

「次はどこかいな」

二枚目を見る。白いアーチ状の柱を背景とし、前に人間の足の裏を線彫りした石が描かれている。いわゆる仏足石と呼ばれるものだ。

「あれやな」

啓子が指をさす。庭園の日が射さない西の隅に、それはあった。村山のスケッチに特に関心をひく点はなかった。

弘美は自分のスケッチブックを広げ、村山と同じアングルで中庭の全景を写生した。水性サインペンで色もつける。こんな風にじっくりと腰を据え、一心に手を動かすのは最高の楽しみだ。

弘美がそうしている間、好奇心の塊の啓子はあちらこちらの展示室を、スカーフをひるがえして駆け巡っていた。まったく、どこにいても疲れというものを知らないらしい。

——午後五時。閉館になって二人は博物館を出た。チョーロンギー通りを南へ歩く。ラッシュアワーなのか、付近は来る時にも増してものすごい雑踏だ。二両連結の市電は中に客を収容しきれず、出入口から五、六人ほどはみ出させたまま走っている。乗るというより、手すりにぶら下がっているというべきだ。バスはもっとひどい。ダブルデッカーと呼ばれる二階建のバスなど、傾いたまま今にも横転しそうな感じで、それでものろのろと動いている。その間隙（かんげき）を縫って、貨物を満載したトラック、タクシーが走り抜ける。バイクもあれば、スクーターもある。

人と車に圧倒されて、左の少し狭い道に折れた。人力車と荷車の間をすり抜けて進み、ちょうど行きあたったインド料理店に入った。ゲストハウスに帰っても夕食はない。

丸い小さなテーブルが六つ並んだ、こぢんまりした店だった。壁のメニューを睨み、二人はターリー（定食）を注文した。一人前三ルピーも出せば釣りがある。

他のテーブルのインド人たちの視線を痛いほど意識しながらしばらく待つと、料理と水が運ばれて来た。大きなアルミの盆の上にはスプーンとフォークもあったが、啓子は手で食べてみるという。

啓子はパサパサの粘り気のないライスを右手の指先でつまみ、カレーをつけた。ライスの大半がカレーの容器の中に沈む。さればと、今度は口の方からおむかえに行く。店内のインド人みんなが啓子に注目している。まるで見せ物だ。啓子の顔が赤くなる。それでもスプーンは使わず、苦心惨憺（さんたん）して食べる。

弘美はスプーンを使いながら、まわりのインド人たちの食べっぷりを観察する。彼らは実にうまく指を使う。パサパサライスを親指、人さし指、中指の三本で器用につまみ、指先で軽く固めて、ヒョイとカレーをつけ、口に運ぶ。そのようすがとても流動的で、優雅にさえ見える。

「そんなに苦労して食べることないじゃない。これ使ったら」

弘美は、カレーに鼻先を突っ込んでいる啓子にスプーンを差し出す。

「これは闘いや。いわば、文化と文化のせめぎ合い。箸と指、醬油文化と香辛料文化が火花を散らしてるんや」

「ね、お啓、もうやめなさいよ。そんな食べ方しておいしい？」

「正直いうて、味も何も分からへん。けど、途中でギブアップしたら箸が指に負けたことになる」

「お箸もいいけど、とりあえず、よだれかけが要るんじゃない」

啓子の指、口のまわり、皿、テーブル、弘美は保育園の食事風景を思い出した。

5

大阪、天王寺動物園横でまた新たな犠牲者が出たことにより、キャッツアイ連続殺人は警察庁指定広域重要第二一五号事件となった。

三月四日、大阪府警捜査一課会議室に合同捜査会議が招集された。出席者は、警察庁捜査一課の捜査官二人、近畿管区警察局（近管）の刑事課長と捜査官。滋賀県警及び京都府警から刑事部長と捜査一課長、大阪府警からは刑事部参事官と捜査一課長。それに加えて余呉、桂、浪速の所轄署署長と、一度でも警察の飯を食った者なら「雲の上のお人」としか思えないような超豪華な顔ぶれが揃った。根尾も会議室に入った途端、居並ぶメンバーを見て驚いた。

午後二時、始めに近管の刑事課長から簡単な訓示があった。

次に、各現場担当者からの報告がある。事件の発生順に、まず滋賀県警捜査一課の根尾が立ち上がった。資料を手に、現在までの捜査状況について詳しい説明をする。

――死体から発見されたキャッツアイは、正確には二・〇二カラット。時価五百万円前後の最高級品で、ここ数年、滋賀県下においてこの種のキャッツアイが取引された事実はない。

被害者の身元はまだ割れていない。顔が潰されているため、人相の手配ができないのが難点ではあるが、ここ五年間の行方不明者、捜索保護願の対象者、及び暴力団関係者、暴走族、前科前歴のある者等、犯罪にまき込まれる可能性のある人物を洗いざらいあたっている。科捜研の協力によって得られた復元像は既にポスター化され、新聞、テレビにも流されていて、民間からの情報提供も少なからずあったが、いまだ成果を上げるところまではいっていない。被害者の歯列と歯科医のカルテとの照合は調査予定の半分を終了したが、これも成果なし。死体の腹部に巻き付けられていたロープの出処はまだ不明。

死体遺棄について、湖への死体投棄地点は判明した。死体発見現場から二十メートル北のアシの茂みである。死体を引きずったらしい痕跡（こんせき）はあったが、被害者及び犯人の遺留品、タイヤ痕等の収穫はない。死体投棄の目撃者もなし。死体から切り取られた十本の指も未発見。結局のところ、死体そのものからの身元特定作業はかなり難航すると思われる。ついては、京都及び大阪の殺人（コロシ）との関連により、事件解明の可能性を見出したい。

根尾はそういい、続けて、今後とも滋賀、京都、大阪三府県の連絡をより密にしていただきたいと付け加えた。根尾がわざわざそんなことをいったのは、余呉の被害者だけがまだ身元すら割れていないというハンデを意識したためだ。

次に、京都府警捜査一課、笹野警部が立った。濃い眉（まゆ）、丸く小さい眼、四角いあごが実直そうな印象を与える。根尾は京都桂での事件発生以来、笹野とは何度となく電話で話をしている。顔を見るのは今日が初めてだが、概ね（おおむね）予想していたとおりの風貌（ふうぼう）であった。

笹野は、低い声で話し始めた。

――被害者、村山光行の死因は青酸ナトリウムによる中毒死であると断定された。死体には外傷がなく、解剖の結果、摘出された胃及び内容物、嘔吐（おうと）物、そのいずれにも青酸反応があった。胃の内容物及び嘔吐物は、巻きずし、ピーナッツ、するめ。消化の進み具合からみて、これらのものを食べ始めて三十分から一時間後、村山は死亡したものと推定される。なお、解剖時の血中アルコール濃度は〇・一五パーセント、個人差は大きいが一般的には軽酔といった程度であろう。食べ残しの巻きずし、ピーナッツ、するめ、及びその包装紙、袋等が現場にないため、これらは犯人が持ち去ったと思われる。このことから、つまみ類は犯人が購入し、下宿に持ち込んだと目されるので、桂付近のすし屋、食料品店、スーパー等の訊込（ききこ）みをしている。現在収穫なし。また、犯人は村山の定期入れを奪っている可能性がある。運転免許証や学生証の他に、犯人につながる何かが入っていたようだ。現場にあったグラス二つのうち一つに青酸反応があった。ウイスキーの空きビンと、もう一方のグラスには青酸反応なし。グラス二つには微量のウイスキーが残留していた。ウイスキーのビン及びグラスから検出された指紋は、村山光行のものだけであった。その他室内から検出された指紋のうち、鮮明なものは計三人分。一人が村山本人、他の二人分については現在のところ不明。村山とつきあいのあった人物、及び大家の北川一家、集金人、酒屋等、指紋を残す可能性のある者からも任意に指紋の提出を求め照合したが、該当者なし。その他、遺留品に関して、犯人所有と思われるものはなかったが、毛髪は多数発見された。頭髪、陰毛、腋毛（わきげ）が数十本。村山のものでない毛髪も十数本あった。ただし、毛髪から犯人を推定することは困難である。例えば、村山のセーターに長い女の頭髪が付着していたからといって、これをすぐ犯人と結び付けることはできない。満員の電車に乗っても人混みの中を歩いても、付着する機会はいくらもある。

次に、事件以前の被害者の足取りについて——。

▼十二月十三日、午前九時、大阪空港発、インドへ。（バンコク経由）
▼二月八日、午後七時二十分、インドより帰国。（バンコク、香港経由、大阪国際空港着）京都市西京区桂の下宿に帰る。
▼二月九日、夕方、府立美大に現れる。友人と会う。下宿に戻る。
▼二月十日、終日下宿？（下宿主人の妻、北川和子の記憶が曖昧（あいまい）なため、推定）
▼二月十一日、午前、下宿を出る。以後の消息不明。
▼二月十八日、午後十一時、死体発見。

「以上、であります。村山光行のインド国内での行動については、既にインターポールを通じてインド警察に捜査依頼をしてあります。なお、二月十一日から十八日にかけて、村山の所在及び行動が不明となっていますが、京都府警ではこの約一週間の行動こそ、事件の鍵を握るものではないかと考えている次第で、これからも村山の足取り捜査に全力を傾注する所存であります」

「村山の交友関係はどうです」

京都府警刑事部長が訊いた。

笹野はハッと姿勢を正して、

「あまり広くはないようです。小、中、高校時代の友人は徳島に……村山の自宅は徳島県穴吹町にあります。吉野川を五十キロほど上流へ行ったところです。それと、大学での友人は京都近辺にいます。大阪にもアルバイトで知り合った友人がいるようですが、いずれにせよ少数です。現在、この一人ひとりについて訊込み捜査にあたっております。村山というのは、要するに典型的なレジャー大学生です。その日その日をおもしろおかしく過ごせればいいという。そのためには金が要る。徳島からは月九万円の仕送りがあったんですが、それでも不足らしく、アルバイトをする。学業がおろそかになる。二度も留年する……」

根尾は自分の息子の顔を思い浮かべた。神戸の私立大学生で、西宮市の上ヶ原に下宿している。仕送りは毎月七万円。それでも不足らしく、時おり家に帰って来ては、母親から何がしかの小遣いをせしめているようだ。夏は海に、冬はスキーにと、遊ぶことにだけ全精力を費っている。大きな寄生虫だ。

「では、交友関係からの手がかりは」

「手がかりといえるかどうかは分かりませんが、美大の同じ科の学生二人が四日前インドへ発ちました。表向きは写生旅行ということですが、時期が時期だけに大いに関心を持っております」

「その二人について詳しく」

笹野はファイルを取り上げ、手早く繰る。

「河野啓子二十二歳と、羽田弘美二十二歳。村山と同じ日本画科、模写専攻です。模写専攻の学生は他に二人、永瀬修三と阿部昭治というのがいます。さっきは申しませんでしたが、行方不明になる前、村山が最後に会った友人というのが以上の四人です」

全員の視線が笹野に集まる。根尾にも少なからず興味がある。笹野もそれを意識したのか、厳しい表情を作って、

「村山は府立美大の模写室で四人に会いました。話の内容は卒業制作展に関係することだと、四人はいってます」

「で、笹野君の心証は」

「直接事情を聴取したのは私の班のデカ長なんですが、彼の話によると、模写専攻の四人に、特に疑わしい点はないようです。しかしながら、一応指紋は採りました。村山の下宿から検出された指紋と照合させましたが、該当するものはありません」

「キャッツアイとインド……意味深ですな」

呟いて、京都府警刑事部長はたばこを咥えた。すかさず隣に坐っている桂署の署長がライターの火を差し出す。それを捜査一課長は横眼で睨む。その仕草を観察するだけで根尾には三人の履歴が分かる。まだ四十を一つか二つ過ぎたばかりの刑事部長は警察庁採用のキャリア組、捜査一課長は京都府採用の叩き上げ、署長は世渡りだけでここまで来た成り上がり――。

「キャッツアイですが……」

笹野警部がいう。

「私個人の見解なんですが、キャッツアイは密輸品ではないかと考えております。その理由は、滋賀と京都で発見された二つの石が大きさ、品質とも極めて類似していること、最近、京都の宝石店で二カラットのキャッツアイが売られた事実がないことです。つまり、キャッツアイはダイヤモンドなどと違って元々輸入量が少なく、そのため日本国内では同じものを手に入れるのが困難で――。以上のようなわけで、キャッツアイは密輸されたものであると私は考えます。村山光行がインドから帰国早々殺されたのも、密輸に何らかの関連があるのではないかと」

「キャッツアイは、村山が密輸したのかな」

「その件については現在調査中です。村山の周辺に、宝石商、宝石ブローカー等の存在を探っています」

「法務省の方はあたってみたんですか」

　刑事部長は入国管理局のことをいっている。現場の事情を知らないキャリア組の無責任な指摘だ。

「それはまだ……」

　笹野は視線を落とす。無理もない。捜査一課笹野班のせいぜい七、八人と応援捜査員十数人では調査できるはずがない。刑事部長は、インド、スリランカ、タイ方面へ行った旅行者を調査せよといいたいのだ。根尾には見当もつかないが、その数は膨大で、おそらく万単位にはなるだろう。それも、ここ数年間にわたる人員をすべて調査するとなると、途方もない作業となる。一時、根尾にもその発想はあった。余呉の被害者がその旅行者の中に入っているかもしれないと考えてはみたのだ。しかし歯列の照合だけでも毎日十人以上の人員を割いている現状では、とてもじゃないがそこまで手がまわらない。それに、最近は人権問題とやらがあって、いくら相手が警察だとはいえ、入国管理局が積極的に捜査に協力してくれるとも思えない。

しばし気まずい沈黙があった。

「ちょっといいですか」

今までおとなしかった警察庁の捜査官が口を切った。髪をきれいに七三に分けている。まだ三十代前半と見える若さだ。キャリア組の昇進は早い。

「キャッツアイは死体の口から出たとのことですが、それは犯人が入れたんでしょうね」

「そうです」

笹野が答える。

「村山が死亡したあと、口に含ませたと思料されます。いったん胃に入ったキャッツアイが都合よく口の中に戻ったとは考えられません」

「犯人はどうしてそんなことをしたんです」

ばかばかしい、それが分からないから、こんなしんどい捜査をしているのだ。その理由が分かった時、犯人も、動機も、すべてが明白になる。

「その模写専攻の四人についてはどこまで調べが進んどるんや」

話題を元に引き戻すためか、京都府警捜査一課長が発言した。笹野は渡りに舟とばかり、話し始める。

――羽田弘美。東京都青梅(おうめ)市出身、青梅高校を卒業後、現役で京都府立美術大学日本画科に入学。現在四回生。模写専攻。西京区有栖川町のアパート住まい。日常は、週のうち半分を模写の制作、あとの半分をアルバイトにあてている。アルバイトは室町の染色屋での帯の下絵描きで、月収は約十万円。この金を貯め、年に一度は旅行をするという。

次に、河野啓子。大阪市淀川区の東淀川高校を卒業。美大へは淀川区の自宅から通っている。日本画ではけっこう有望株らしく、前回の進級制作展では、作品が京都府買い上げとなった。昨年は羽田弘美と一緒にフランスへ行った。

永瀬修三は、二十三歳、兵庫県の加古川東高校卒業。一浪後、美大入学。下宿は阪急の西向日にあるが、美大の宿直をアルバイトにしているため、ほとんど帰らない。高校時代からラグビーをし、現在は美大ラグビー部の副キャプテン。模写の制作とラグビーの練習に明け暮れている。

阿部昭治、二十二歳。京都府立鴨沂高校卒。上京区室町の家はかなり大きな染色屋であり、羽田弘美のアルバイト先でもある——。

「いずれにせよ、この四人には張りこそつけませんが、今後とも目を離さぬようにするつもりです」

いって笹野はふうと息をつき、腰を下ろした。

次は大阪府警だ。角刈りの百八十センチはあろうかという大男が立ち上がった。ニットのシャツにチェックの上着が場違いな印象を与える。四課勤めが長かったのか、顔つきと服装だけを見れば、ヤクザとしか思えない。

「工藤です。浪速区の殺人は私が担当しております」

手短に太い声でいい、報告を始めた――。

被害者は吉中隆一、四十八歳。住所は西成区南霞町六丁目、開成ハウス。つまりあいりん地区の簡易宿泊所だが、ここに定住しているというわけではない。宿泊することが多いということだ。三畳の個室を一週間単位で借りる。本籍は愛媛県越智郡吉海町。五年前まで、愛媛県新居浜市の造船所で、下請けの塗装工として働いていたが、折からの造船不況で失職。大阪へ出た。以来、あいりん地区に居住。吉海町大島には妻、幸江四十六歳と、次男十五歳、次女十三歳がいる。長男二十五歳と長女二十二歳は既に結婚して松山、及び広島に住んでいる。幸江は長男夫婦からの仕送りとみかん作り、造船所の雑役で生計を立てている。隆一はここ四年、家に帰っていない。元々酒乱の気があり、夫婦仲も良くなかったが、それでも大阪へ出て最初の数カ月は何がしかの仕送りはしていたようだ。しかし、それもいつしか途絶えがちとなり、一年を過ぎる頃、音信不通となった。幸江は保護願を出していない。隆一がいなくなってせいせいしたと、事情を訊いた大島署員に語ったそうだ。開成ハウスの仲間によると、吉中はかなりの酒好きで、毎日、酒か焼酎を五合から六合は飲むという。仕事のある日は昼休みに一合、仕事から帰って一合、食事時に一合、風呂上がりに一合、寝酒に一合から二合と、体からアルコールの気が抜ける間がない。もちろん、仕事のない日は朝から酒びたり。たまに金がなくて飲めない時など、手が震え、視線が定まっていない。「あいつ、もう長いことないで」と、仲間うちでは噂していた。吉中の直接の死因は凍死。剖検によると、吉中の胃内容物及び尿から、高濃度のバルビツール酸系睡眠剤が分析、検出された。つまり、酒とともに大量の睡眠薬を服用させられたため、路上で眠り込み、夜半から雨が降り始めたこともあって、その結果、死に至ったということである。

「ご存知のように、最近の睡眠薬は、自殺を防止するため、以前とは成分が変わっています。大量に服用したら吐いてしまうように作られてますから、まず睡眠薬で人を殺すことはできません。しかしながら、昏睡状態には陥ります。犯人は吉中を殺そうとしたはずですけど、もしこの犯行が他の季節に行われていたなら、おそらく吉中は助かったであろうし、彼の口から犯人の人相、特徴を聞き出せたであろうと思われます。まことに残念なことです。被害者の死亡推定日時は二月二十八日、午前四時。所持品は――」

時計、たばこ、マッチ、小銭入れ。時計は市価三千八百円のデジタルウォッチ。小銭入れの中には千二百五十円が入っていたことから、物盗りの犯行ではないとみている。なお、開成ハウスに残されていた吉中のビニールバッグには、トランジスタラジオ、下着類、作業衣等があった。それらの中に特に関心をひくものはなかった。犯行の目撃者は現在のところなし。ただし、死亡前日、二月二十七日の吉中の行動は判明している。午前七時、あいりん福祉センターから、マイクロバスで吹田市桃山台のマンション建設現場へ。午後五時まで資材の片付け等の雑役。午後六時二十分、西成帰着。南霞町の銭湯、「菊水湯」を出たあと、開成ハウス近くの「日の出食堂」で食事。焼酎一合を飲む。午後八時、開成ハウスに帰る。隣室の労働者としばらく雑談。飲み足りないのか午後九時、外出。新世界の立飲み処、「喜楽」にて酒一合、焼酎二合を飲む。「喜楽」を出たのが午後十時二十分。ジャンジャン横丁をほろ酔い加減でひとり歩いているのを、顔見知りの飲み屋のおやじに目撃されたのが十時四十分。以後の消息不明。現場付近の環境、犯行時刻、犯行時の天候（雨が降っていた）を考えると、今後新たな目撃者を得るのは困難な見通し。死体の口から出たキャッツアイについては、大きさ、質ともに滋賀、京都のそれと極めて類似しているため、同一犯による連続殺人であると捜査本部は結論づけた。

「現在、大阪府警では吉中の身辺調査を主に捜査を進めています。以上、報告を終わります」

工藤はひょいと一礼して勢いよく坐った。椅子が壊れそうだ。

「吉中が殺された理由について、君はどう思うんや」

大阪府警、刑事部参事官が訊いた。工藤はまた立ち上がって、

「情報が少ないため、まだ推論を立てる段階には至っておりません」

「訊込みはしとるんやろ」

「はっ……しかし、あいりん地区の労働者は警察というものに極めて非協力的でありまして……」大きな手で額を拭う。

（大阪組もかなり苦労している。日雇労働者というのは、浮草のようなものだ。これは望み薄だろう）根尾は胸の奥で呟く。

「それでは、このあたりで、時間的経緯をもとに事件をまとめてみましょう」

近管刑事課長の上川が提案し、部下らしき捜査官が席を立った。黒板の前へ行き、チョークを使い始める。小さな角ばった字だ。

▼二月十一日午前、——村山光行、下宿を出る。
▼二月十五日、午前六時、——余呉湖にて死体発見。身元不詳。鈍器による殴殺。
死亡推定日時、二月十一～十三日。
▼二月十八日、午後十一時、——京都桂の下宿にて、村山光行の死体発見。青酸ナトリウムによる毒殺。死亡推定日時、同日、午後十時三十分。

▼二月二十八日、午前五時十分、――大阪市浪速区にて吉中隆一の死体発見。凍死。
死亡推定日時、同日、午前四時。


黒板が白く埋まるのを待って、上川がいう。

「余呉で見つかった死体……仮に、ヨゴとしておきましょう。ヨゴと村山と吉中、この三人の関係を洗うことです。裏には必ず三人をつなぐ糸がある。そのためには、ヨゴが何者であるかを一日も早く明らかにすることです。村山と吉中には何の接触点もない。片や学生、片や労働者、年齢は二十四歳と四十八歳。出身地は徳島と愛媛県。現住所は京都と大阪、……境遇といい、履歴といい、違いすぎます」

「例えば、精神異常者による発作的な犯行ということは考えられませんか」

さっきの警察庁捜査官がまた的外れな質問をする。

「精神異常者が死体を遺棄しますかな。青酸ソーダを用意するでしょうかね。無能でも試験だけは得意らしい。凍死するのを見込んで睡眠薬を服ませますかな」

上川がせいいっぱいの皮肉を込めて答える。警察庁はもう何もいわない。

「私、少しばかりひっかかる点があるんですがね」

上川は眼鏡を押し上げ、

「村山と吉中の死ですが、口の中にキャッツアイがありました。村山は死後、吉中は、おそらく睡眠薬による昏睡状態にあった時、いずれも犯人が口中に含ませたものと考えられます。対するに、ヨゴの死体は胃の中にキャッツアイがありました。死人の胃にキャッツアイを入れることは不可能です。ヨゴは生きている時にキャッツアイを呑(の)み込んだ……これはどういうことでしょうな」

　と、根尾を見た。意見が欲しいようだ。根尾は立ち上がる。

「私個人の見解といたしまして、ヨゴは自発的にキャッツアイを呑んだとは考えません。誤って呑み込んだとも思えません。ヨゴの胃の中には、餃子(ぎょうざ)がありました。餃子は柔らかい食べ物ですから、キャッツアイのような硬い大きな異物が混入すれば当然気づくはずです。私は、ヨゴは強制により、キャッツアイを呑んだと思います。つまり、体中に内出血を伴う挫傷(ざしょう)があったのは、暴力によってキャッツアイを呑み込むことを強要されたからではないかと考えられます。肝腎(かんじん)の、なぜそんなことを犯人はしたのかについてはまだ分かりませんが」

　前々からの持論を一気に述べた。おえら方がいちいち頷(うなず)くのを見るのはたいそう気分がいい。

「どうも余呉の死体が三つの事件をつなぐ鍵(かぎ)になりそうですな」

　上川がいう。その言葉を呑み込むかのように根尾は深く頷いた。

　その後、これからの捜査分担や情報交換等について打ち合わせがあり、合同捜査会議は午後五時に終了した。延々三時間の会議だった。

幹部連が退席したあとも、根尾は眼を閉じ、じっと椅子に背をもたせかけていた。

6

風らしい風は来ないが、澱(よど)んだ空気を払う効果はある。「ホテル・パラゴン」の狭いロビー、扇風機の下で弘美と啓子はソファに体を沈め、三十分ほどもぐったりしていた。ジーンズが汗を吸って重たい。パンジャビードレスはきのう洗った。チョーロンギーを一筋東に入ったここサダルストリート周辺には安宿が集中している。ダブルで一泊二十からせいぜい五十ルピーまで、ともかく安い。

村山光行は、スケッチブックに書き残した日付によると、昨年の十二月十六日から今年の一月十五日にかけて、約一ヵ月もこのカルカッタに滞在していた。ぎりぎりの旅費しか持っていなかったはずの村山が高級ホテルに宿泊していたとは考えられない。十中八九、村山はサダルストリートにいたと推定できる。

午前十一時、ホテル巡りは「パラゴン」で五軒目だ。あなたこの男知っているか、このホテルに泊まったか、日本人で名前はミツユキ・ムラヤマ、我々は彼の友人だ──村山の写真を見せ、そんな具合にフロントの係員に訊(き)く。

係員の反応は決まっている。「ああ、私、その人に見覚えある。うちのホテルに泊まったよ。毎日チップをくれて、いいお客さんだったね」と身振り手振りよろしくいう。しからば、と五ルピー札を差し出し、十二月と一月の宿帳を見せてもらうと、ムラヤマの名前はない。宿帳に嘘はない。必ずパスポートを呈示し、そのナンバー、国籍、住所等を書かねばならないからだ。結局のところ、彼ら誇り高きインド人は、「知らない」の一言がいえないらしい。例えば、通りすがりの人に道を訊ねたら、いかにも自信に満ちた態度で教えてくれる。くれるが、三度に一度はまるっきり見当違いの場所に行ってしまう。最近では弘美も啓子も、一度訊いただけで歩き始めるということがなくなった。少なくとも二人に同じことを訊くことにしている。ここ「ホテル・パラゴン」でも同様の反応を得たが、宿帳に村山光行の名前はなかった。

「さてと、お次は『モダーンロッジ』。日本人がよう利用すると書いてある」

啓子はガイドブックを睨んでいう。

「私、もう嫌、こんな少年探偵団の真似事。ね、この辺で普通の観光旅行ってことにしようよ」

「また弱音を吐く。何も摑まずに日本へ帰ってみ、あの二人に絞め殺されるで」

啓子は笑う。

すったもんだの末に、永瀬と阿部には五万円ずつ、計十万円を提供してもらった。

弘美と啓子が用意したのは六万円ずつ、十二万円。航空券購入の際、六万円を頭金として支払ったから、弘美と啓子は各々八万円を持ってカルカッタへ来たことになる。食費、交通費などを含め、一日の生活費を四千円とみて、二十日間はインドにいるつもりだ。

啓子は日本を発つ時、永瀬と阿部に宿題を課した。「原田ケンジ」を洗えという課題だ。村山の周辺にそんな名前の男はいないか、また、最近インドから帰った旅行者に原田ケンジはいないか、その二つを調べるようにいったのである。

五万円を提供した上に仕事まで作られてはかなわない、探偵ごっこなんかやめてしまえ、永瀬と阿部は当然のごとく強い拒否反応を示したが、「この埋め合わせは必ずするから。何なら、私らと一泊旅行でもどう」、啓子のその一言で二人は易々と懐柔された。

「お啓、あれほんと？　一泊旅行の件」

「ほんともほんと、そのつもりや」

「困るよ、私」

「弘美て純情やね。そやし好きなんや。そら確かに一泊旅行はしますよ、四人でね。私と弘美は同じ部屋」

「お啓、死んだら閻魔さんに首絞められるね」

「そらいいわ。生き返るやないの」

いって、啓子はテニス帽をかぶる。

「もう行くの？　私、足が痛い」

「足が痛いくらいどうってことあらへん。あの二人に絞め殺されるよりマシや」

「ほんとに痛いのよ」

弘美は足首をさすりながら顔をしかめてみせる。

「どれどれ……」

啓子は体を屈め、弘美の足を見る。

「仕方ないな……私ひとりで訊込みするわ」

スケッチブックを小脇に抱え、ロビーを出て行った。弘美はにんまりする。やっと自由になった。これからインド博物館へ行って、ミニアチュールをもう一度じっくり鑑賞しよう。

立ち上がってソファを見ると、置いておいたはずのセカンドバッグがない。ソファのまわりを一周したけれど、やはりない。顔がひきつる。バッグの中にはパスポートと全財産が入っている。

弘美は「ホテル・パラゴン」を飛び出した。啓子を捕まえないとゲストハウスへ帰るお金もない。

付近をめったやたら走りまわって、やっと「モダーンロッジ」を探しあてた。ころがるように中へ入る。啓子はカウンター横のベンチに腰かけ、ぼんやり天井を眺めていた。

「おや、弘美、足は」

「それどころじゃないの。バッグを盗られちゃったのよ」

「へえ……えらいことや」

涼しい顔でいう。

「ね、どうしよう。私、日本に帰れない」

「インドの土と化したら」

「冗談いってる場合じゃないわよ」

「そういえば、私、泥棒を見たような気がする」

「えっ……」

「きれいなきれいな女の人や。眼はクリッと大きく、鼻は高く、ポッチャリとした唇はどこか煽情的。肌は抜けるように白くて」

「けれど、お腹はまっ黒。黄ばんだぼろぼろのテニス帽をかぶった背の高い子。さ、返しなさい、私のバッグ」

「へへっ、ばれたか」

啓子はポンと額を叩き、スケッチブックの下からバッグを取り出した。

「さ、次は『アストリア』。もう足が痛いとはいわせへんよ」

啓子は指鉄砲を作り、弘美を撃った。

「ホテル・アストリア」は「モダーンロッジ」のすぐ向い側にあった。カルカッタの安ホテルはインド博物館裏のこの付近に集中しているから、訊ね歩くにはまことに都合がいい。落書きだらけの崩れかけた煉瓦塀、そこここに水たまりのあるでこぼこ道。ごみ、カラス、牛、人力車、露店。壊れた散水栓のまわりでは裸の子供たちが空きカンで水浴びをしている。それを、塀に背中をもたせかけ、漫然と眺めている男たち。アルミの鍋や素焼きの壺、寝具など家財道具一式を歩道の端に積み上げた路上生活者。日射しは灼けるようにきついが、眼に入るものすべてがグレー一色に収斂し、色彩感に乏しい。カルカッタの混沌がここに象徴されているようだ。

古いがどっしりした木の扉を押して二人は「ホテル・アストリア」に入った。フロントの反応は例によって例のごとし、五ルピー札がまた一枚減った。

次は救世軍の経営する「サルベーション・アーミー・レッドシールドゲストハウス」。その次は「シルトンホテル」。――サダルストリート界隈の安ホテルは全部ダメだった。

「お啓、ほんとにもうやめようよ。この調子じゃ、お金がいくらあっても足りないよ」

三十枚両替した五ルピー札があと数枚しかない。

「おっかしいな。村山さん、一カ月もカルカッタにいたんやで。アパートやマンション借りてたはずもないし……」

「私たちのように市街からちょっと離れたところに泊まっていたんじゃないの」

「それはないわ。旅慣れた旅行者は必ずサダルストリートに来るんや」

「それもそうね……」

弘美にも分からないではない。確かに、ここサダルストリートはチョーロンギーのすぐそばで場所がいい。ニューマーケットも近く、安いレストランが周辺に多い。日本人をはじめ、各国の若い旅行者が集まるから旅の情報を集めるのに事欠かない、と数々の利点がある。

「それに、や。……村山さんのスケッチした場所、頭の中で地図に描いてみてよ。十五カ所を結ぶ中心点はこのあたりになるやんか」

いわれてみれば実際そのとおりだ。北はハウラー橋、マーブルハウス、東はシーアルダー駅、南はカーリーガート寺院、動物園、西はマイダーン公園、フーグリ河と、すべてがサダルストリートを中心とした円の中に収まる。

「その上、カルカッタに着いて最初にスケッチしたのはインド博物館。それも日を改めて二枚。これは何を意味すると思う?」

「村山さんはインド博物館のすぐそば、つまりサダルストリートに宿泊していた」

「正解。そやから、もっと調べてみるべきなんや。今度はもうちょっと高級なホテルをあたってみような」

啓子はすたすたと前を行く。汗で濡れた白いTシャツの背中に、ピンクのブラジャーが透けて見える。弘美は足取り重くそのあとを追う。

二人は「リットン」、「フェアローン」と、一泊百五十から二百ルピー程度の中級ホテルを五軒ほど巡り歩いた。が、期待は見事に裏切られた。徒労だった。五ルピー札はみんな消え失せ、代わりにいいようのない疲労感を得た。チョーロンギーを悄然と歩く。

「どうなってんねやろ。村山さん、マンションかアパート、ほんまに借りてたんかな」

啓子の声に張りがない。

「しんどい、一休みしよ」

通りがかった露店でサムアップコーラを買った。路上にしゃがみ込んで飲む。もう格好なんてかまっていられない。

「な、あれ見て。かっこいいやんか」

啓子が指さす先を見ると、紫の羽根飾りをターバンに付けた白い制服の大男が二人、石造りの立派な門構えの前に不動の姿勢で直立していた。カルカッタで最高級とされる「オベロイ・グランドホテル」の門衛だ。ガイドブックによれば、「オベロイ・グランド」は一泊五百ルピーもする。

「ものはためし、行ってみよか」

「勝手に入ったりしたら叱られるんじゃない?」

「大丈夫や。私ら、これでも世界に冠たる経済大国日本の先兵ですよ」

経済大国の先兵は二枚千五百円のTシャツに汗じみたよれよれジーンズをお召しになるらしい。

門衛は二人を咎めはしなかった。それどころか、インド国章を刻み付けた重々しいガラス扉を引いてくれもした。

中は意外に広く、また豪華だった。ロビーの床は一枚が二メートル四方もある白い大理石張り、太く丸い柱は大理石にアラベスクの象嵌、同じく大理石貼りの壁にもイスラム風の花模様が浮彫りされている。仰ぎ見るほど高い天井には、そこここに、重厚な金色のシャンデリアが吊られ、スポットライトと共に、奥の壁面に掛けられた緞帳に淡い光を投げかけていた。緞帳には叙事詩「ラーマーヤナ」の一場面が織り込まれている。

「これを、風格というんやね。日本のホテルではとてもこうはいかへん」

啓子が感心する。弘美も、時間と労力をふんだんに費った贅沢な造りに圧倒された。客の身なりも、男はスーツにネクタイ、女は絹に金糸のサリーと、明らかに上流階級を思わせる。ターバンを巻いたシーク族の大男が多いのは、インド国内における彼らの経済的優位性を示している。

啓子は村山の写真を持ってカウンターへ行った。フロントマンの反応はさっきまでとはまったく違っていた。写真を手にとることもしないし、見覚えがあるともいわない。横眼で一瞥するだけで、あとは無視。薄汚ないヒッピーが何をほざいておるか、というような態度だ。それでも、啓子は執拗に二人目、三人目と訊いて行く。五人目の、中で一番若いフロントマンが不審な素振りを見せた。知っているのに、無理に知らない風を装っているように弘美には思えた。

「これ、私のたった一人の兄です。もし見覚えがあるなら、お願いだから教えて下さい。私たち、兄を尋ねてはるばる日本からやって来ました」

啓子は、たどたどしくはあるが、感情を込めて訴える。若いフロントマンは困ったような顔をし、次に、眼でロビー奥のソファを指した。そこで待てということらしい。

こいつは脈がある――弘美と啓子はカウンターを離れた。

五分後、さっきのフロントマンがやって来た。黒スーツに蝶ネクタイ、髪は七三。

落ち着いてよく見ればかなりのいい男だ。フロントマンは人眼を気にしているのか、ソファに浅く腰かけて話す。

「私はあなたのお兄さん知っている、一カ月ほど、当ホテルに滞在していた」

「ほんと?!」

「髪の毛はそんなに長くなかった。ビジネスマン風だったが、確かにその人だ。私はあなたの兄さんの宿泊手続きをした」

「名前、覚えてますか」

「日本人の名前は難しい。覚えられない。しかし、この話は本当だ」

そこでフロントマンは立ち上がり、少し離れたエレベーター前に控えているポーターを手招きした。赤い服に房付きの黒いネール帽をかぶっている。

フロントマンはポーターに写真を見せ、ベンガリ（ベンガル語）だかヒンディー（ヒンドゥー語）だかで手短に、かつ尊大に説明した。

ポーターは啓子の方に向き直り、

「私、この人知っている。長い間、当ホテルにいた」

と、達者な英語でいった。

「弘美、どうやらほんまみたいやね。二、三十ルピー奮発してみよか」

啓子はいい、ポケットからお金を出した。十ルピー札を一枚、二枚と数えながら、

「私は宿帳が見たい。兄が宿泊した正確な日付を知りたい」

上眼遣いでフロントマンを見る。

「だめだ、それは不可能だ」

彼は拒否するが、その逡巡は弘美にもよく分かる。

「私、どうしても知りたい」

啓子は粘る。札を数える仕草がより大胆に、露骨になる。

「分かった。ここで待て」

根負けしたのか、フロントマンはそういい、持ち場に戻って行った。それを待っていたかのようにポーターが再び口を開く。

「この日本人、絵描きか」

「なぜそう思う」

「時々スケッチブックを抱えていた」

ポーターの話は、いよいよ本物だ。

「さっき、フロントの係員はビジネスマン風だといったが……」

「そうだ。この日本人、スーツを着ることもあれば、ジーンズにTシャツの時もあった」

これはいったいどういうことだろう。村山はインドでスーツを着ていたという。日本では村山のスーツ姿など見たこともない。

「他に気づいたことはないか」

「女と一緒にいたのを見たこともある」

「えっ……」

「たぶん日本人の旅行者だろう。ホテルのロビーで話し込んでいるのを見た」

「どんな女性だった？」

「若い女だ。顔は覚えていない」

「その話、確と相違あるまいな」

「インディアン嘘つかない」

そこへ、フロントマンが戻って来た。啓子はポーターに十ルピー札を握らせ、お引き取り願った。

フロントマンは二つ折りにした数枚の紙を内ポケットから取り出した。宿泊者名簿の一部だった。ファイルしてあったのを必要箇所だけ抜いて来たものとみえる。名簿は昨年の十二月十六日と今年の一月十三日及び一月十五日の三枚だった。字の書きだしをくねくねと丸くした癖のあるインド式アルファベットをゆっくり眼で追う。あった。

ミツユキ・ムラヤマ、――十二月十六日、午後二時にチェックインしている。一月十三日、部屋を変わっている。シングルからダブルへ、同宿者はマユミ・クボタ。パスポートナンバー、ＭＥ八五一〇七二二。現住所、岡山県笠岡市。年齢、二十歳。職業、学生。

弘美は手早く書き写す。

一月十五日——ムラヤマ、クボタ二人ともチェックアウト。……以上だった。

「ついにやりましたね。犯罪の陰に女あり。これは大変なスクープですよ」

啓子は歓声をあげる。

「ひょうたんから駒って、このことね」

「それは違う。努力の賜というてほしい……私の」

「あ、そう」

「謎の女性、クボタマユミ。この子を追ったら事件の全容が摑めるかもね。ほんま、ぞくぞくするわ」

「警察の捜査もここまでは進んでいないはずね」

「当然や。でないと、何のためにこんな遠いとこまで来たか分からへん。高い旅費を工面して」

「そのクボタマユミって子、村山さんのスケッチブックにあった人物かな」

「どうやろ……人相書きには男女二人を並べて描いてあったし、私、恋人か夫婦やと思てたんやけど」

「あの、お嬢さん方……」

フロントマンが声かけてきた。

「何や、あんたまだそこにいたの」

とは随分な言い草。啓子は三十ルピーをフロントマンに渡した。かなりの大盤振舞いだけれど、それだけの価値はあった。

弘美と啓子はホテルのレストランに入り、ほぼ一週間ぶりのコーヒーを飲んだ。一杯八ルピー、苦いばかりで何ともひどい味だ。

「意外だね。村山さん、女の子と一緒だったのね」

「十二月、一月いうたら観光シーズンやし、たくさんの日本人ツーリストがインドに来てた。村山さん、口だけは達者やから、一人旅の女の子と懇(ねんご)ろになった。で、一月十三日、十四日の二日間、この『オベロイ・グランド』に泊めてやった。……ま、そんなとこやね」

「女の子も尻軽(しりがる)ね」

「我が日本画のゼミ旅行を考えてみ。もっとひどいやんか」

美大の日本画科では、毎年夏休み、二十日間ほど写生をかねたヨーロッパ観光旅行をしている。参加は任意、概(おおむ)ね二、三十人の団体旅行となる。男女比は三：七から四：六といったところ。もちろん女子学生の方が多い。ここでいつも評判になるのが一部女子学生の乱れよう。男子学生の尻を追いかけまわすのはもちろん、イタリア人やフランス人の現地ガイドなど、冷静に考えてみればかなりの不良外人なのだが、女子学生にもう大変なもてよう。そのため昼間は居眠りばかりしている。その昔、一人の女子学生が本気で子持ちのイタリア人ガイドと結婚すると言い出し、周囲の顰蹙を買ったという。日頃はおとなしく内向的な女子学生ほどそんな傾向が強いようだ。だから、弘美も啓子もこの旅行に参加したことがない。

「旅の恥はかき捨て。同性として少なからず残念ではあるな」

「女の一人旅ってのは、やはり心細いものなのよ」

「そんなもん、気の持ち方次第や。それもあんなつまらん男に」

啓子の憤りの対象はどうやら村山の方らしい。

「村山さん、背広を着てたそうね。どうしてかしら」

「そうそう、それなんや、分からへんのは」

啓子は腕を組み、眼を閉じる。

「常識的に考えたら、村山さん、スーツを着んとあかんような仕事を抱えてたんや。例えば、展覧会のオープニングパーティーとか、偉い人に会うとか。……考えてみ。あの人、一カ月もこのカルカッタにいて、スケッチはたったの十五枚しか描いてへん。

あと残った時間は何をしてたんか……それはね、スーツを着んとできへん仕事」

「どんな仕事」

「多分、キャッツアイの買い付け」

「何だって」

「このホテルは一泊五百ルピー。タックス込みやと六百ルピー。そんな最高級ホテルに、あの村山さんが一カ月も逗留(とうりゅう)してた。お金はどこから出るの？　ビジネスや、ビジネス。邦貨五百万円なりの二カラットのキャッツアイが絡んでると考えざるを得ませんね」

「すると……」

「そう……」

啓子は弘美の眼を見て、「村山さんはね、宝石の運び屋をしてたんや」

7

根尾は先日合同捜査会議で聞いた宝石流通に関する話を決して鵜呑(うの)みにはしていない。満足もしていない。確かに、キャッツアイが密輸品であるらしいとは聞いた。聞いたが、それが果たして余呉の死体とどうつながるのかを考え始めると、どこにも答えが見つからない。肝腎の、日本国内への密輸入後の流通経路に関する部分が大きく欠落しているためだ。捜査会議の席上、京都府警の捜査員がいっていたが、海外旅行者が価格制限を超えた宝石類をこっそり日本に持ち込むことなど、根尾にも密輸だとは思えない。麻薬や拳銃ならいざしらず、その程度のことに目くじら立てていたら、日本の海外観光客は大半が犯罪者になってしまう。

宝石にはどこか胡散臭いところがある。その華やかさの裏に薄汚れた陰を感じる。実際、悪質な脱税で国税庁に摘発されるような連中は、表に出せない金を美術品、金、宝石などに換えて、所得隠しと財産保全を計っている。にもかかわらず、数百万、数千万単位の宝石取引が世間の話題になることは、まずない。すべて水面下で行われる。需要のあるところに供給はある。当然、密輸もある。京都府警とは違ったルートで宝石密輸を捜査する必要がある。

根尾は大津警察署へ出かけた。捜査三係の部長刑事、伊東に会うためだ。

長浜市から国道八号線を琵琶湖に沿って南下すると、栗東町で一号線に合流する。湖の南端から流れ出る瀬田川を越えれば大津市。大津署に着いたのは約束の十二時を四十分も過ぎていた。

根尾は階段を駆け上がり、刑事部屋のドアを押した。ちょうど昼時で部屋は閑散としている。陽のあたる窓際に私服が四人ほど集まって弁当を食っていた。

「伊東部長刑事、いますか」

ソフト帽をとり、声をかけた。

「おりまっせ、ここに」

奥のついたての裏から返事があり、伊東が細い眼を糸のようにして出て来た。

「久しぶりだな、デカ長」

「ほんまに。四年ぶりですな」

「いや、五年ぶりだよ。お互い年をとった」

根尾は頭を撫(な)でてみせる。伊東の髪もめっきり白くなっている。五年前まで伊東は県警本部にいた。当時係長だった根尾の下で働いていた。

「ま、そちらへどうぞ」

伊東はドア横のソファを手で示す。

根尾は腰を下ろし、ポケットからパウチを取り出した。パイプを咥(くわ)え、マッチの火を入れる。

「懐かしいですな、その匂い」

伊東は近くの机からアルミの灰皿を持って来てテーブルの上に置いた。

──根尾はパイプを吸う。ここ十年来の習慣だ。「田舎刑事のくせにキザッたらしい」と陰口を叩(たた)かれたこともあったが、根尾はそれを無視した。紙巻きよりパイプたばこの方が美味い、ただそれだけのことだ。別にシャーロック・ホームズを気取ったわけではない。

「例の件ですけどね」

伊東は口を切った。

「ちょうど、うってつけの男がおります。三年前、宝石ブローカーの足洗うてね。……ええ、そう、故買ですわ」

盗品と知りつつ、これを買い受け、転売することを故買という。

「当時はかなり手広うやってましたわ。けど、パクられたん、あれが三回目やったから実刑食らいましてな。ほんの半年ほどやけどかなりこたえたみたいですわ。娘も高校へ行くようになってたし、あの世界に嫌気さしたんか、きっぱり縁切ってね。ブローカー時代に貯めた金を元手にして、今は小料理屋やってますわ。行きがかり上、仮釈や何やらで、多少のことはしてやったから、話は聞けまっしゃろ」

「そりゃありがたい。これから行ってみる」

根尾は立ち上がった。

「わしもつきあいます」

伊東も立って、コートをはおりながら、

「国鉄で大阪駅まで出ましょ」

「大阪駅？　その、元宝石ブローカー、大阪にいるのか」

「ええ、市内の大正区にいてます」

二人は国鉄大津駅から快速電車に乗り、大阪駅で降りた。環状線に乗り換え、大正駅に到着。二時間ほどかかったが、退屈はしなかった。お互い、五年間の消息を語りあうにはそれでも短すぎた。

大正駅付近は典型的な下町だった。駅前には焼肉屋が三、四軒並び、脂っこい臭いを漂わせていた。隣はパチンコ屋、その隣は一杯呑み屋、喫茶店、理髪店と、勤め帰りの客がちょっと寄るのに便利な店がひしめきあっている。伊東は通りがかったたばこ屋で目指す料理屋の場所を訊いた。

たばこ屋から歩いて三分、駅前通りを一筋横に入ったところに、割烹「翠幸」はあった。三間間口の店頭に水槽を設え、鯛を泳がせている。色褪せたのれんを分け、店に入った。

「いらっ……ああ、伊東さん」

カウンターを拭いていた四十くらいの男がふりかえった。でっぷり肥った赤ら顔、頭に手拭いを巻いている。

「ここでは何やし、上へ行きましょか」

男はカウンター内の若い板前に合図し、先に立って奥の階段を上がった。六畳の和室に入る。

「申し遅れました。私、滋賀県警捜査一課の根尾と申します」

「山本です」

根尾と伊東を上座に坐らせ、座敷机を挟んで向い側に山本は腰を落ち着けた。

「さ、他ならぬ伊東さんの頼みや、何でも話しまっせ」

山本は早口で切り出した。

「キャッツアイ連続殺人、ご存知ですね」

根尾はいった。

「やっぱりそのことでっか。伊東さんから連絡が入った時、ピンと来ましたわ」

「実は——」

根尾は現在までの捜査状況、宝石の流通経路に関する話を差し支えのない程度に伝えた。山本は時おり短い質問をはさみながら、根尾の言葉に耳を傾けていた。

「——ま、こういうわけです。私としてはどうも納得のいかないところがありましてね……特に密輸について」

根尾は話し終えた。山本はたばこに火を点け、ゆっくりとけむりを吐いてから、

「えらい曖昧な話ですな」

小さく答えた。

「どこで仕入れはった情報かは知らんけど、宝石の密輸いうの、そんな単純なもんやおまへん。わし、もうあの世界から足洗うた人間やし、はっきりいいますわ。今ね、日本にある一千万を超えるような宝石はね、特にカラーストーンの場合……ダイヤ以外の宝石をそういいますんや……五割、いや七割までが密輸品というてもよろしい。何でかいうとね、宝石にはブランドがないからですわ」

「ブランド?」

「商標とかメーカーと考えてもろてもよろしいで」

「ダイヤにはあるじゃないですか。『ブルーリバー』とか『カメリア』とか」

「それ、どこに書いてます?　宝石でっか、枠でっか」

「いや……」

「そこが宝石のおもしろいとこですねん。他のあらゆる商品と根本的に違うとこでもある。例えば車、こいつは誰が見てもその車種、メーカー、分かります。服、これにもタグやラベルが付いてる。宝石にはそれがない。そうでっしゃろ、誰がダイヤやキャッツアイにメーカー名や産地を彫ります?　そんなことしたら傷ものですがな。いっぺんに値打ちがなくなる。つまりね、宝石の流通経路いうのはね、絶対に調べられへんのですわ。警察にも税務署にも」

「しかし、ダイヤの場合は、デビアス社がシンジケートを作って全世界のダイヤについて生産から流通までを一括統制していると……」

「そら、基本的にはそうでっしゃろ。しかし、物事すべて、そんな単純に収まるもんやおません。仮に、今わしがダイヤモンドを欲しがってる客を知ってるとする。予算は一千万。わし、即、香港に飛びますわ。バンコクでもええ、ニューヨークでもよろしい。わし、そこでダイヤを仕入れて来ます。密輸品やし、そのダイヤを売ったら税金なんぞ払う必要ない。日本は小売商からユーザーに宝石を売る時、約一五パーセントの物品税がかかります。それに、小売商はその収入に見合う所得税も払わんといかん。そんなあほなこと誰がしますか。ちゃんとした店をかまえてる宝石商ならまだしも、一匹狼のブローカーは税金なんぞ払いませんわ。どこで、どんな手段で仕入れようとダイヤはダイヤ、ユーザーは文句のつけようがない。それにもっとひどいブローカーなら中古のダイヤを売りつけよる」

「中古？……何ぼ客が素人でも新品か中古品かくらいわかるやろ」

伊東が口をはさむ。

「ところがどっこい、宝石には中古がものすごう多いんでっせ。それを客には新品として売りつける。これも車や服と違うところです。車なら中古車として売るけど、宝石はいつでも新品。たとえ質流れ品でもちょっとした細工で再びデビューできる。つまりね、石を洗浄して、枠を付け替えるんですわ」

「洗浄したってキズまでは消えへんやろ。研磨しなおすんか」

「もったいない、そんなことしまっかいな。石が小さなりますがな。宝石いうもんには、元々キズがありますんや。あるからこそ天然ものやといえる。合成でないともいえます。かえって完全無欠なもんは嫌われるんですわ。要するにね、宝石いうのは、最初からキズ付きですよ、いうて売りますんや。そやから、枠さえ替えたら新品。宝石の『再販制度』いうのがこれですわ。ダイヤなんかは自然界で最も硬いもんやし、そうひどいキズもないけど、トパーズやエメラルドみたいな軟らかい石は、キズだらけでっせ」

「ひどいもんやな。わしも娘にはちゃんとしたとこ。婚約指輪は大きな店で買うてもらえと」

伊東の娘もそんな年になったのか——五年前はまだ高校生だった。一度、伊東の家に寄った時、学校から帰ったばかりなのか、セーラー服姿でお茶を運んで来てくれたのを、根尾は覚えている。眼のクリッとした可愛い娘だった。

「指輪の一つや二つ、わしが都合しますがな」

「そら、ちょいとやばいな。これになる」

伊東は首に手刀をあてる。

そこへ料理が来た。タイとヒラメの造りに剣先イカの糸造り、子持ちの甘えびが大皿いっぱいに盛られている。突き出しはさざえとキュウリの和え物。かなりの豪華版だ。

「山本さん、あかんがな。わしらは話を聞きに……」

「何いうてます。伊東さんにはどれだけお世話になったか……玉手箱まで持って帰れとはいいまへん。ヒラメと剣先、今日は活きのええのがあったから。ま、おひとつ」

山本は如才なく酒を勧めながら、

「仕入れはわしがやっとるんですわ。毎朝四時半に起きて、福島の中央市場へ行ってます。早寝、早起き、よろしいで」

「奥さん、どないしてはる。長いこと会うてへんけど」

「あいつ、このごろは家にいてます。わしが調理師の免許とって、この商売も何とか軌道に乗ったから。……家、西区の堀江に買いましてん」

「えらい羽振りやな。この店かてかなり凝った造作やないか。宝石で、いったいどれくらい残したんや」

「大きな声ではいえんけど、これくらいかな」

山本は指を二本立てた。

「二千万か」

「いや……」

「二億か」

伊東は眼を見張る。山本は曖昧に笑ってみせた。二億といえば根尾の生涯賃金だ。それをまだ四十そこそこの男は持っているという。根尾は遠慮せずに飲み食いすることにした。

「宝石いうのはそんな商売ですねん。客さえ摑んだら、百万や二百万、一日で稼げますんや。仕入値が百万の品なら、だいたい三百万から三百五十万で売ります。税金も払う必要ないし、まじめに働くのがあほらしなる」

「何でやめたんや。そんなええ商売」

「やめさしたん、伊東さんですがな」

いって、山本は笑う。山本を贓品売買で挙げたのは伊東だ。

「けど、あれがええ機会でしたんや。あのままずるずるとブローカー稼業続けてたら、わしきっと身を持ち崩してたと思いますねん。現に宝石ブローカーで一生を貫き通した人間なんかおりまへん。普通の神経持ってる人間は必ず途中で足洗います。あれはペテン師の世界ですがな。わしがこんなことというのおかしいけど、やっぱり自責の念、いうのがありますんや。それがちょっとずつ溜まって来る。限界に達した時、宝石業界からふいと消える、それが常ですわ。よっぽど堅固な意志……例えば、宝石店の全国チェーンを作るとか、日本のダイヤモンド流通を一手に握るとか、そんな目的意識がなかったら、やっていけまへん。さっきもいうたように、毎朝中央市場へ行って、こうして料理作ってお客さんに食べてもらう……ほんま、人間的な生活ですわ。正直いうて儲けなんかどうでもよろしいねん」

山本は根尾と伊東の盃に燗酒を注ぎ、自分は手酌でぐいぐいあおる。手拭いでせわしなげに首筋を拭く。赤い顔が余計赤くなった。あまり酔ってもらっては困る。根尾は箸を休め、口を開いた。

「あの、キャッツアイの流通について教えてもらえませんか、詳しいところを」

「よろしおまっせ」

山本は気軽に立ち上がり、隣の部屋に消えた。再び現れた時は手にノートとボールペンを持っていた。根尾の隣に坐り込み、略図のようなものを描く。

それは、――原石が原産地からバンコクへ渡って、カット、研磨され、香港を中継して日本国内の輸入業者に入り、次に、枠付けメーカー、卸商、小売商、ユーザー、と流れて行く経路を簡略化して描いたものだった。

「キャッツアイも含めて、カラーストーンの流通経路いうのは、こんな具合になってますんや。ルビー、サファイア、キャッツアイ、アレキサンドライト、エメラルド、この五つが大半を占めてます」

「オパールやヒスイはどうです。トパーズやアクアマリン、アメジストは」

根尾は思いつくだけの宝石名をあげた。キャッツアイ連続殺人を手がけるようになって、いっぱしの宝石通になったつもりだ。

「あんなもん宝石やおません」

山本は吐き捨てるようにいう。意外な反応だ。

「プロの世界ではね、オパールなんぞたかが『貴石』ですねん。世界には通用しまへん。それと、ヒスイもあきまへん。日本と中国では緑色の濃いのがええとされるけど、アメリカなんかではピンクのヒスイが好まれるんでっせ。色による好みが違うから、ブローカーにしたら危(あぶ)のうてしゃあない。要するにね、我々が宝石と認めるものは、ダイヤ、コランダム、クリソベリル、緑柱石、この四つですねん。コランダムいうのは鉱物名。赤く発色したらルビー、青ならサファイア。クリソベリルはアレキサンドライトとキャッツアイ。緑柱石にはエメラルドやアクアマリンなどがあるけど、宝石はエメラルドだけ」

山本はボールペンで図を指しながら、

「まず原産地。日本に来るカラーストーンはほとんど東南アジア原産ですわ。これはどういうことかわかりまっか」

「……そこでしか採れんからやろ」

伊東が怪訝そうな顔で応じる。山本は唇の端で笑い、

「日本でも採れまっせ」

異なことをいう。

「宝石いうのは、突きつめたら基本的には鉱物の結晶ですねん。火成岩中には必ず含まれてるもんです。日本は有数の火山国です。理論的には日本でも宝石は採掘されます。ほな、どうして掘らへんのか。採算がとれんからです。石の質が悪いせいもあるけど、日本みたいに遊休地が少のうて人件費の高い国では宝石なんぞ掘りまへん。宝石採掘いうのは、何から何まで人力に頼らんとあきまへん。岩を掘って、砕いて、選別して、研磨する、これすべて人間のすることとです。そやから、宝石の原産地いうのは発展途上国が多いんです。それと、この、インド、スリランカ、ビルマ、タイ、いう国名見て気づくことおませんか」

根尾も伊東も、口を開いたまま略図を眺めるばかり。

「石油ですわ。これらの国からは原油が出まへん。原油の出るような国は宝石みたいなまどろっこしい地下埋蔵物、採掘せんのです。穴さえ掘ったら勝手に噴出するもんがあるのに、悠長に石なんか磨いてられますかいな。要するに、宝石いうのは貧しい国で採るもんなんです」

根尾は改めて山本の顔を見た。眉毛は薄く、眼は垂れている。鼻はダンゴ、唇は厚

く、二重あごは猪首につながって、どうひいきめに見ても知性など感じられない風貌だが、その言葉はいちいち理にかなっている。説得力がある。山本のいう「ペテン師の世界」で生き抜き、二億という大金を摑み、なおかつ、あっさりと足を洗った理由が根尾には分かったような気がした。根尾は伊東が山本と知り合いであったことを素直に喜んだ。

「わし、スリランカに行ったことありますねん」

山本は話を継ぐ。

「現地へ石の買い付けに行った時、採掘現場を見ましたんや。擂切れてツギだらけの半ズボンに雑巾みたいなランニングシャツ着た労働者が涸れた川床をアリンコみたいに這いずりまわってました。砂を掘る者、運ぶ者、選別する者、みんな泥と同じ色に染まって黙々と働いてますんや。朝から晩まで十時間以上ぶっ通しで働いて、十四ルピー、四百円ほどですわ。わし、あの連中の昼飯を見てびっくりした。バナナの葉に包んだ米に、ほんのちょっとのカレーつけて食べる。量も少ない。連中の手や脚がハリガネみたいに細いの、それで分かった。わしが覗き込んだりすると、その少ない弁当を食うか、いうように差し出してくれたりするんです。笑うた白い歯が印象的やった。わし思いました……正直、この連中に悪いと。彼らがこれだけの重労働をしてるからこそ、わしらがえらそうな顔してられる。たかが色つきの石のためにこれだけの重労働を強いられる人間がおる。あんな粗末な弁当食うて……。感傷やと笑わんといて下さい。わし、そんな上等な人間やおません。その時わし、日本の客の顔を思い出してました。医者の嫁はん、ガソリンスタンドの経営者、パチンコ屋の愛人……どいつもこいつも生っ白い顔してぶくぶく肥えて、バナナみたいな太い指に五つも六つも指輪はめて、今日はここ、明日はあそこと遊び歩くことばっかり考えとる。中には、わしみたいな不細工な男に言い寄るやつまでおる。わし、いったい何をしとるんやろ、労働とは何やろ。心の底では軽蔑しきっていながら、あんなおばはん連中にへつらいながら、口先三寸で世の中渡ってる。……今思たら、あの時かもしれまへん、宝石の世界から足洗おと考え始めたんは。……すんまへん、つまらん話、してしまいましたな」

照れ隠しのように、山本は甘えびをつまみ、口にほうり込んだ。指先についた醬油を手拭いになすりつけ、

「東南アジアで採掘された原石は大半がタイのバンコクに集まります。ここでカットされ、研磨されて、いわゆる宝石らしい形になるんです。バンコクには町中いたるところに宝石加工場がありますわ。研磨機を二、三台置いた家内工場がほとんどです。日本の輸入業者はバンコクか香港、シンガポールへ買い付けに行くんやけど、大手業者は現地に支社や出張所を置いてますな。そこで華僑相手に丁々発止のやりとりをす

るんですわ」

「華僑？　バンコクならタイの人と違うんかいな」

「バンコクの住民の半数以上は中国系ですよ。カラーストーンの流通は華僑が握っとるんです。ダイヤモンドのデビアスシンジケートはユダヤ、カラーストーンは華僑。国土を持たず、身ひとつで世界を生き抜いて来た連中と動産としての宝石が結びつくのは、いわば必然の結果でっしゃろな。……中国人の商売はきついでっせ。わし何べんかバンコクで商談したことあるけど、そらひどいふっかけ方をしよる。わし、相手の言い値の十分の一くらいから値をつけますんや。それで、結局は五分の一くらいで収まりますな。現地で出会(でお)うた日本の観光客はみんな言い値で買(こ)うとるけど、ひどいもんでっせ。ま、そんな風にして石を買い付けるわけやけど、日本に持ち込む時、正規のルートなら約一三パーセントの関税がかかる。この時、相手国の領事館で発展途上国の援助証明をもろたら関税は要りまへん。わしら、もっぱら密輸ばっかりやったからこんなややこしい手続き踏んだことおませんけどな。こうして日本に入った石は枠付けメーカーに持ち込まれる。そこで完成品となり、次に卸商から小売店、ユーザーと流れるわけですわ」

「そんなにようけの人の手を渡るんかいな。宝石が高いの、あたりまえやな」

伊東がためいきをつく。

「日本の宝石は世界で一番高いんでっせ」

山本は熱のこもらぬ口調でいう。

「まず、ユーザー同士の売買が禁止されてる。それに、小売店からユーザーに渡る時、一五パーセントの物品税がかかる。つまり、ユーザーのAさんが友達のBさんに石を売りたい場合、いったん小売店に買い上げてもらわんとあきまへん。小売店は物品税を上乗せしてBさんに売る。不自由な制度でっしゃろ。宝石は贅沢品、一般庶民は手を出すな、いうのがお上の考えですな。ま、こんなとこに、宝石ブローカーが暗躍する素地があり、わしらも儲けさしてもらえたんですけどな」

「密輸がはびこるはずやな。日本へ持ち込むの、やばいことないんか」

「そんなこと造作もおません。ピストルとか覚醒剤やあるまいし、石の二十個や三十個、どこにでも隠せますがな」

そこで話が途切れた。料理が運ばれて来たからだ。今度は天ぷらの盛り合わせとハマグリの吸物。

根尾はシソの天ぷらに箸をつけた。次は何を訊こうかと頭を巡らす。今、訊くだけのことを訊いておかないと次があるとは限らない。この種の捜査ではきのう訊けたことが今日はもう訊けないということが往々にしてある。情報提供者の気が変わったり、関係筋から圧力がかかったりするからだ。それに、滋賀から大阪までは遠すぎる。電話で訊けるような内容でもない。

「宝石を鑑定して、その原産地を知ることは可能ですか」

根尾の質問は本題に入った。

「石によりますな。例えばエメラルドなら、顕微鏡で内部結晶をじっくり視て、こいつはコロンビア産らしい、くらいは分かります」

「キャッツアイはどうです」

「質のええのはビルマ産が多いけど……それはあくまでも、多い、というだけの話やから、ま、判定不能ですな」

「カットからは分かりませんか」

「あきまへん」

「どこで買ったかは」

「それも分かりまへん」

山本の答えはにべもない。

「鬼よりも、警察よりも怖い税務署でさえ、密輸された石にはお手上げの状態ですねん。そやし、石を追うのは諦めはった方がええのと違いますか」

「すると、キャッツアイの線をたどるのは無理だと……」

根尾の言葉を山本は手で遮り、

「いや、そんな意味でいうたんやおません。わしがいいたいのは、石は無理やけど人間の線ならたどれる、いうことなんですわ。……あの京都で殺された学生さん、何ていいましたかな」

「村山……村山光行です」

「新聞で読んだけど、あの人確か、殺される十日ほど前にインドから帰って来ましたな」

「ええ、二月八日に帰国、二月十八日夜に毒殺されてます」

「インドから帰国途中、バンコクか香港に寄りませんでしたか」

根尾は内ポケットからメモ帳を抜く。三月四日の合同捜査会議でメモしたところを開いた。

「二月八日午前二時三十分、エア・インディアにてバンコク・ドンマン空港着。同日午前九時、タイ・インターナショナルにて同空港発となっています。香港はトランジット。給油に一時間ほど寄っただけです」

「というと、バンコクにいたのは七時間弱、それも真夜中から明け方にかけて……」

山本は眼を閉じて腕を組む。室内はさほど暑くもないのに顔や首筋から汗が噴き出している。

「無理やな。やっぱりインドかな……」

小さい声で途切れ途切れに呟く。

「どういうことや、説明してくれへんか」

伊東が催促する。

「いや、わし、あのキャッツアイ、その村山とかいう学生が日本に持ち込んだんやないかと考えてみましたんや。けど、バンコクで石を買い付けるにはあまりにも時間が短いから」

誰の考えも同じだ。根尾は身を乗り出し、

「インドはどうです、インドでも買えなくはないでしょ」

訊いてみた。山本はすぐには答えず、しばらく考えていたが、

「やっぱり素人には無理ですな。リスクが大きすぎますわ。わしらブローカーでもうっかりしてたら偽物掴まされるのに、学生が一つ何百万もの石の買い付けなんぞできるはずおません。そら、インドにも宝石店はようけあるし、カルカッタやデリーなら、バンコクほどやないけど比較的大きな市場もあるから、買う場所には不自由しません。けど、何せリスクが大きい。それにルートもない。インドの宝石店へ行きあたりばったり飛び込んでも二カラットを超えるようなキャッツアイ、買うのは難しい」

「売ってくれないってことかな」

「いや、飛び込みの客はふっかけられるんですわ。五十万のキャッツアイなら少なく

とも百万ぐらいで買わされる。そら、一つや二つ土産に買うんならそれでええやろけど、組織だった密輸となると話は別。そううまいこと買い付けられるもんやおませんｊ」

「それじゃ、インドでまとまった数の宝石を手に入れる方法はないと」

「いや、ひとつだけあります。しかるべき人物に、インドのエージェントを紹介してもらうんですわ。三ないし五パーセントの手数料を払うたら望みの量だけ石を揃えてくれる。偽物摑まされる惧れも少ないし、結局はその方が安くつく」

「すると、村山がインドで石を手に入れたと仮定すると……」

「そう、必ず裏に黒幕がおりますな。買い付けのルートを作り、資金を提供したやつが」

　話が核心に迫って来た。根尾はメモ帳に挟んであった写真を取り出した。余呉の死体から取り出したキャッツアイの写真だ。こういった捜査資料に関するものまで、部外者である山本に見せることに少なからず抵抗はあるが、この機会を逃す手はない。

「これです、キャッツアイ」

　写真を山本に手渡した。伊東も横から覗き込む。

「なるほどええ石ですな。色もええし、光条もクッキリ真中に出てる。これなら、現地で五、六十万。日本に持ち帰って五十万くらいの枠を付けたら、言い値で五百万、売り値で三百万は堅いでっしゃろ」

「さっきおっしゃった黒幕とかいうの、どういう種類の人物です。『河井』とか『神谷』といった大手宝石店のオーナーですか」

「あんなもん大したことおません」

　山本は言下に否定した。

「ブローカー仲間が宝石商の規模を判断する時はね、店の大きさなんぞ関係ないんですわ。基準はあくまでも、自社持ちの石の量。河井は梅田、神谷は心斎橋に大きな店構えとるけど、あれ、半分くらいはケース貸しですねん。ケース貸し、いうのは場所を貸して一〇パーセント前後のマージンをとることですわ。要するに委託販売。ほんまの黒幕は陰に隠れてます。関西一円の宝石商で大ボスと目されてるのは五人。和歌山に一人、京都に一人、大阪に三人いてます。店舗なんか持ってへんし、表に出ることを極端に嫌う。主な収入源は石の売買と貸出し」

「石の貸出し……」

「宝石の展示会なんかの時、客寄せのために十カラットを超えるようなダイヤを展示してまっしゃろ。あれ、大半がボスの持ち石ですねん。貸し料は一日あたり約〇・二パーセント。総額十億の石を貸したらたった一日で二百万。濡れ手で粟、とはこのことや。それと、売買の方はほとんどがブローカーや宝石店相手。ユーザーと直接の取引はしません。あれくらいの大物になると、どんな石でも半日のうちに揃えられる。キャッツアイやルビーのええ石は数がないし、なかなか探すのが難しいから、客からリクエストがあった時、わしら、ようボスのとこに行ったもんですわ。かなりきついマージンとられるけど、背に腹はかえられん、いうとこですな。わし、それでちょっと気になることがあるんやけど……」

山本はそこで話を中断した。吸物の椀に箸を入れ、ゆっくりかきまわす。喋ろうか喋るまいか、そんな思案をしているように根尾には思えた。

「何や、気色悪いな。途中まで話しといて」

伊東がいう。山本は顔を上げた。

「キャッツアイいう石はね、あんまり市場性がないんですわ。確かに、きれいな石やし稀少価値もあるんやけど、ダイヤほど市場価格が安定してない。あれは要するにお飾りですねん。大きな宝石店には必ず一つや二つ置いてあるけど、売れることはあんまり期待されてない。ダイヤもあればサファイアもある、エメラルドもあれば、キャッツアイもある、と、ウインドーを飾るための、どっちかいうたら客寄せ用の石なんですわ。そやから……」

「大ボスが貸出し用に買い付けた、というご意見ですな」

根尾が話を継ぐ。

ろう。

「いや、そういうわけやおません。……ただ、そんな気がしただけです」

山本は慌てて否定する。彼にしてもそこまで断定することにためらいを感じたのだ

「その五人のボスの名前、教えてくれませんか」

「それは……」

山本は顔を歪める。ここで押さなければ捜一班長の責を果たせない。

「山本さん」

根尾は居ずまいを正した。

「ご存知のように、キャッツアイ連続殺人では、すでに三人の死者が出ています。今後、新たな犠牲者が出ないとも限りません。無駄なまわり道をしてる時間はないんです。そりゃあ調べることにかけて我々はプロだから、そのボスの名前も所在も二日もあれば割り出せます。しかし、今ここで教えていただければ、それだけ早く話を聞くことができます。ボスが犯行に関係あるとは現段階で論ずべきことではないし、それはあくまでも可能性のひとつです。しかしながら、その可能性のひとつずつを消して行くのが捜査というものです。今日お聞きしたことで、あなたに迷惑がかかるような事態は極力避けるつもりです。……教えて下さい」

根尾は頭を下げた。芝居じみているが、下げる価値はあると思った。

「……いいます。一人は和歌山の山林王で——」

山本は話し始めた。根尾は名前をメモ帳に書く。手は機械的に動いているが、頭の中では早くも今後の捜査方法を検討し始めていた。

——明日の朝一番、捜査本部の全員を招集しよう。今日聞いた話を取捨選択、整理した上、捜査員に説明する。あと、ベテラン十人を五班に分け、和歌山、京都、大阪に派遣する。

近管にはどう報告しよう。いや、報告は大ボスの事情聴取を終えてからでもいい。余呉の死体の身元が摑めるまで伏せておくのも悪くない。自分が今日、大正区まで来たことなど大阪府警は知る由もない。弊害ばかり多く何かと非難の対象になるが、所詮この世界には厳とした縄張り根性が存在する。

根尾は五人の黒幕について、山本が知る限りの詳細を聞き、あと宝石業界全般について二、三の疑問を質し終えた。もう午後六時、卓上の料理はすっかり食べ尽くされ、空の銚子が十本ほど並んでいた。

8

白い牛が近づいて来る。背中に黒いものが乗っている。眼を凝らしてよく見れば、カラスだった。

「ヒロミ、ヒロミ」

聖なる牛が口をきく。びっくりして逃げようとするが、足が動かない。カラスが飛び立った。弘美は両手で顔を覆う。カラスは妙に細く尖ったクチバシで弘美の鼻の穴を執拗につつく。

クシュンとひとつクシャミをして、眼が覚めた。ベッドの脇に啓子がいて、お腹抱えて笑っている。手にはこより。

「やったな、お啓」

啓子を睨む。「程度が低いんだから」

「低くてもいい、おもしろければ」

「悔しい」

「そやけど弘美、あんたよう寝るな。ちっとやそっとで起きへんやないの」

「眠るからには熟睡しなきゃ」

「そういうのは熟睡といわへん。いぎたなく眠りこけるというんです。さ、起きなさい。これから宝石店へ行くんやで」

啓子はもうパンジャビードレスに着替えている。

「私、もっと寝たい。ね、今日は安息日ってことにしようよ。午前中はゆっくり眠って、午後はショッピング。ミニアチュールの復刻版なんて欲しいな」

「ほんまにほんまに、このものぐさ娘が。きのうもそういうてサボッたやんか」

昨日、つまり、「オベロイ・グランドホテル」でクボタマユミの存在を知った次の日、啓子は一日がかりで、ハウラー橋、マーブルハウス、シーアルダー駅、カーリーガート寺院の四ヵ所を駆け巡り、村山のスケッチとその描かれた場所を比較対照した。

弘美は仕事に参加せず、ゲストハウス周辺をのんびり散策した。果物屋でマンゴーとオレンジを買い、食べながらぶらぶら歩いた。近くのラビンドラ公園へ行き、池のほとりの木蔭に坐って、裸の少年たちが泳いでいる情景をクロッキー帳に何枚も描いた。穏やかな一日だった。

「さ、さ、ベッドから出て。小林少年はもっと職務に忠実やで」

「私、明智啓子の子分じゃないもん」

「お尻ペンペンしよか」

「ペンペン怖い」

弘美は毛布をかぶって丸くなる。

「甘えてもあかんで。今日こそは首に縄つけても引っ張って行くからね」

いうなり、毛布を引きはがされ、本当にお尻を叩かれた。

カルカッタにおける探偵ごっこの締めくくりとして、啓子は宝石店を覗いてみるという。ゲストハウスの支配人に訊けば、都合のいいことにゴルパークを少し北に行ったラッシュ・ベハリ・アベニューに宝石店が集中していると答えた。

二人は相合傘でゲストハウスを出た。日本から持って来た折りたたみの雨傘だ。こうでもしなければ強い日射しを遮れない。インド人の好奇の視線を痛いほど浴びるが、日射病で倒れるよりはましだ。

十五分ほど歩いて、ラッシュ・ベハリ・アベニューに着いた。通りには服屋、履物屋、金物屋など種々の商店が並び、中でも際立って大きいのが宝石店だった。間口が他の店の倍はあり、窓という窓に鉄格子が取り付けられている。ショーウインドーはない。商店の十軒に一軒くらいは宝石店だから、確かに多い。

弘美と啓子は通りがかりの店に入った。薄暗い店内にはターバンを巻いたシークの男が三人いた。こういう金持ち連中の出入りする場所ではよく彼らを見る。

二人は店内のショーケースを一通り見てまわったが、並べられているのは大半がペンダントや指輪などの金製品で、宝石はスタールビーとスターサファイアが隅の方に少しあったきりだ。

「キャッツアイを見せてほしい」

啓子が訊いた。

「買う意思のありやなしや」

店員は無愛想に答える。

「それは分からない」

「それでは見せない」

「なぜ見せない」

「………」

店員はもう何もいわない。啓子が何をいってもフンといった顔で返事もしない。

「ばっかにして。頼まれたって買うたらへんわ」

最初から買う意思もないのに啓子はぷりぷり怒る。弘美の腕をとり、外に飛び出した。


次の店に入る。中はさっきの店と同じで、ところどころに低く小さなショーケースがあり、金製品が展示されていた。入口近くに、ライフルを肩に提げた大男が立っているのには驚いた。いささか過剰警備気味だ。

「キャッツアイが欲しい、金はある」

今度は、そんなふうに啓子は切り出した。店員は後ろの戸棚から小さな革袋を取り出す。カウンターの上に黒い木の皿を置き、袋の口を開けると、キャッツアイが百個ほどもころがり出た。大きさはどれも〇・五カラットくらい、はっきりとした光条の入った蜂蜜色の最上級品だ。

「もっと大きなのが欲しい。二カラットの」

啓子の心臓には恐れ入る。

店員は無言で別の革袋を取り出し、木皿にザッとあけた。今度のキャッツアイは約三十個、こう無造作に扱われると、パチンコ玉のように見えて来る。

「これはいくらか」

啓子は二カラットの方を一つ手にとって訊く。店員は傍らのメモ用紙にボールペンで５２０００Ｒｓと書く。弘美は頭の中ですばやく日本円に換算する。……百五十六万円だ。ということは、今、カウンターの上にある木皿を持って逃げれば、ざっと四千七百万円の一時不労所得となる。代わりに、体中穴だらけになるだろうが。

「高い、もっと安くならないか」

啓子の問いかけに、店員は黙ってメモ用紙とボールペンを差し出した。これに言い値を書けということだ。啓子は３００００Ｒｓと書いた。店員はその字を二本の斜線で消し、４８０００Ｒｓと書く。啓子は３２０００Ｒｓと訂正する。

「お啓、もうやめなさいよ。もし商談が成立したらどうするの」

弘美の心配はつのる。

「大丈夫。名にしおうインド商人がそう簡単に折れるわけない」

「だけど……」

「いいから、まかしときて。適当に切り上げるから」

４６０００――３４０００、４４０００――３６０００、と徐々に双方の値が近づく。弘美はもう我慢できない。

「ね、勘弁して。帰ろうよ」

「それもそやな。キャッツアイ買うのはいいけど、自分の身を売らなあかん」

啓子は弘美にいい、

「我々は帰る。明日（あした）また来るから値段をもっと検討しておきなさい」

と係員に命じて、そそくさと店を出る。

「ヘイ、ジャパニ。四万三千……いや四万二千だ」

という係員の声を背中に聞いた。

もう一軒、宝石店に入った。店の構えも、中のレイアウトも、入口にライフル銃があるのも同じ、キャッツアイの値段もほぼ同一だった。二カラットの最上級品で五万ルピー程度。粘れば四万にはなりそうだ。日本円にして約百二十万円、眼の飛び出しそうな値段だが、これが日本に入り、枠を付ければ五百万円前後となるらしい。

雑踏の中を歩きながら、

「村山さん、スケッチやなく、キャッツアイの方に精出してたんやないかな。インドから日本に持ち込むだけで百二十万円が四倍になるんなら、こんな効率のいいバイト

あらへん。あんな一流ホテルに泊まって女の子を侍らせて、あの人、日本にいるより
ずっといい生活を送ってたみたいやもん」

「滞在費、どう都合したんだろ」

「それなんですよねえ、分からへんのは。カルカッタにいいスポンサーでもいたんか
な。元マハラジャ（藩王）のお妃とか」

「あの村山さんにジゴロなんてできっこないよ」

弘美は村山の青びょうたんのような顔を思い出す。

「とにかく、私らがインドまで来たんは無駄やなかった。村山さんの意外な側面を知
ったし、もっと大きな収穫もあった。……クボタマユミ、岡山県笠岡市の学生……」

啓子は立ち止まり、額に手をあてて少しの間眼をつむっていたが、

「喉渇いたわ」

いって、ちょうど真ん前のレストランに入って行った。

薄暗く狭い店内、脚が曲がってガタガタするパイプ椅子に腰かけ、ラッスィーを注
文した。ラッスィーとはヨーグルトを水で薄め、砂糖と氷を加えてかき混ぜた飲物。

甘ずっぱいさわやかさがいい。

「どうしたのお啓、急に黙りこくっちゃって」

啓子はテーブルに頬杖をつき、じっと外を眺めている。さっきまでの快活さはない。

「さすがのお啓も疲れがたまってんだ。毎日、あちらこちらを走りまわって」

「そんなことあらへん。考えごとしてるんや」

「考えごと？」

啓子は上眼遣いで、

「な、弘美、こんなこというたら怒る？」

「え……」

「やっぱり怒るやろなあ、いくら優しくてきれいな弘美でも」

最後を呟くようにいって眼を逸らす。

こやつ、また良からぬことを企んでいるらしい。弘美は聞こえないふりをして壁のシミを数える。

ラッスィーが来た。啓子は半分ほど一気に飲み、

「弘美、帰ろ」

「私、まだ飲んでないもん」

「そんなことというてんのと違う。帰ろ……日本へ」

「な、何だって」

グラスをとり落としそうになる。

「私、うんざりしたんや、こんなこと。これ以上スケッチのあとをたどったところで、

得られるもんなんかあらへん。それに村山さん、ヴァラナシの次はどこへ行ったか分からへん。クボタマユミの存在を知った今、私らは一日も早う日本へ帰るべきやないかと思うんや」

「ちょっと待ってよ。私は……」

「ごめん。弘美が怒るの無理ない。けど、私のいうことも聞いてほしい」

いって、啓子は村山のスケッチブック三冊のうち、〈NO・3〉をテーブルの上に置いた。

「よう見て」

一枚ずつゆっくりめくる。

「村山さんがインドで描いた最後の風景はこれ」

啓子が指で押さえた画面には、淡い赤で石造りの城壁と尖塔が描かれていた。右下に〈ラームナガル、1／19〉とある。ラームナガルはヴァラナシの旧藩王の居城だ。

「そして問題の……」

啓子は次のページをめくった。そこには、あの人相書きが描かれている。もう何十回と見た男と女の顔だ。

「村山さんが日本へ帰ったんは二月八日。インドを発ったんは二月六日前後。ほな、最後の風景を描いた一月十九日から二月六日までの十九日間、村山さんは何をしてたん？　ヴァラナシで、一月十六日から十九日まで二十四枚ものスケッチを描いてたんが、十九日以降はパタッと止んでる。これはどう考えたっておかしいわ」

「どういうこと」

「村山さん、クボタマユミに逃げられたんやないかな。そやかて、この〈NO・3〉のスケッチブック、まだ半分も使てないんやで。この人相書きからあとはまったくの白紙。描く時間は充分あったのに、何で描かへんかったんやろ」

　啓子のいわんとすることが、弘美にはもうひとつピンと来ない。

「村山さん、お金を盗られたんや。それも有金残らず。京都で最後に会うた時、村山さんがいうてたこと、ほんまやったんや。この人相書き、クボタマユミに違いない」

「じゃ、このハラダケンジってのは誰」

「クボタマユミの男。多分、カルカッタから村山さんとマユミをつけてきたんや。それで、頃合いを見計って、マユミとケンジは村山さんのお金を盗んだ。で、村山さん、二人の人相書きを描いた。男の方にだけハラダケンジと名前があるのはそのため。女はクボタマユミやから、わざわざ書く必要はない。一種の盲点やったんよ。一週間も一緒にいた女の顔を村山さんが人相書きにするはずないと、私ら、勝手に思いこんでた。……一見かわいい、眼は一方が二重で他方は一重、唇小さく赤い。職業、学生。住所は岡山県笠岡市。……ね、早う帰ろ、日本へ」

「でも……」

弘美はまだ帰りたくない。半ば強制的に連れてこられたインドだが、こんなおもしろい国、他にない。

「そら私かて、このインドにもっともっといたい。けど、今はそんな悠長なことというてられへん。クボタマユミの存在を摑んだし、村山さんのカルカッタでの行動も知った。最高級ホテルに泊まって、スーツなんか着て、多分キャッツアイを買い漁ってたことも……あっ！」

「びっくりするじゃない、急に大きな声出して」

「村山さん、キャッツアイも盗られたんやないかな」

「キャッツアイを持ってたとは限らないでしょ」

「ほな、あの日のこと思い出してみなさい。最後に会うた時の村山さんのようすを。あのふさぎ込みよう、尋常やなかったわ。お金を盗られただけやったら、もしそれが私やったら、悔しいけど、とどのつまりは旅の失敗談という程度で済ませてしまうと思うのよ」

啓子の推理、本物かもしれない。一連の村山の行動にあてはめてみると、確かに符合するところが多い。

「さ、行こ。ヴァラナシ行きの切符、キャンセルするんや。そして三、四日は思いきりインドを楽しむんや。探偵ごっこなんか忘れて、な」

啓子は弘美にほほえみかけ、スケッチブックを小脇に抱えて席を立った。弘美は慌てて残りのラッスィーを飲みほし、そのあとを追う。啓子と一緒だと気も体も休まる暇がない。

9

〈和歌山――室田幹夫。京都――木島隆。大阪――金川昌孝、山田潤造、松下誠一〉

根尾は宝石ブローカーの大ボス五人の名を黒板に書いた。

「それじゃ、和歌山の室田について、熊谷君から報告してもらおうか」

いって、根尾は腰を下ろす。熊谷はメモ帳を開き、

「室田幹夫、六十三歳。現住所、和歌山市――。室田の本業は林業です。東牟婁郡古座川町中崎に十万坪ほどの山を持ち、主に杉を生産しています。ここ十年、山の方は長男に任せて、本人は宝石稼業に精出してるようです。所持している宝石は――」

「で、熊谷君の心証は」

「特に注意をひくような点はありませんでした。根はどんなんや知らんけど、表面上は上品そうな老人です」

「二月十一日から十三日にかけてのアリバイは」

余呉の被害者の死亡推定日時だ。

「自宅にいたようです。もっとも、室田の奥さんから聞いたんですけど」

「ふむ。……次、佐藤(さとう)君」

五人のブローカーの訊込(ききこ)みにあたった捜査員が次々に立ち、その現状、心証、アリバイ等について述べた。根尾は時おり質問をはさみ、黒板にその結果を書き加えて行く。

▼室田幹夫――六十三歳。林業。心証○。アリバイ○。
▼木島隆――五十二歳、宝石商。心証△。アリバイ○。
▼金川昌孝――四十八歳、貸ビル業。心証○。アリバイ○。
▼山田潤造――三十九歳、宝石商。心証△。アリバイ○。
▼松下誠一――五十一歳、宝石商。心証×。アリバイ×。

「それで、これからの捜査方針なんだが、私は、この中からとりあえず二人に調べの焦点を絞ろうと思っている。京都の木島と大阪の松下。木島は京都だから、第二の犠牲者、村山光行との関係が考えられる。扱っている石はカラーストーンが大半だし、る。アリバイはないし、神戸の川坂会系暴力団との関係もある。木島と松下、この二人の周辺を洗うんだ。彼らの知り合いで、行方不明になったのはいないか、最近、宝石取引に関してトラブルはなかったか、懐具合はどうか。ともかく、徹底的に洗ってみるんだ。そうでもしなけりゃ……」

迷宮入りになってしまう——と、あとの言葉を根尾は呑み込んだ。

被害者の身元はいまだに割れていない。唯一の遺留品であるナイロンロープの出処、及び流通経路は不明。死体遺棄の目撃者なし。ポスター化された復元像についての情報提供も最近はめっきり減った。歯列の照合は、滋賀県はとっくに終わり、現在、京都府と岐阜県をあたっている。ここ数年の行方不明者、捜索保護願の対象者に関する調査、難航中。つまるところ、捜査は壁にぶちあたっている。正直な話、根尾も宝石ブローカーを攻めてみたところで成算があると考えていない。いないが、ただ手をこまねいているわけにはいかない。どんな薄弱な可能性でも追ってみるのだ。

京都、大阪はいい、根尾はいつもそう思う。両府警とも捜査は難航しているが、村山光行、吉中隆一という明確なターゲットがある。なのに、余呉の死体はまだどこの誰とも分かっていない。捜査の第一歩さえ踏み出せぬまま、とば口でうろうろしている。

京都、大阪両府警ともっと積極的な連係をとるべきだとの意見もある。村山光行はインドへ何回か行ったし、この間は村山の友人がインドへ旅立ったとも聞いている。彼らが宝石の密輸にかかわっていた疑いは濃い。宝石ブローカーとの接点があるかもしれない。滋賀県警は宝石ブローカーから、京都府警は村山光行の線から、両者の接点を追ってみたらどうだろう。トンネルを山の両側から掘り進み、真中でばったり出会う。ヨゴの身元が判明し、村山との関係が明らかになる。そんな捜査ができれば理想的だ。しかしながら、京都府警、滋賀県警とも相変わらず情報交換に熱心でない。京都から来るのはいつも二、三日遅れのカビの生えた情報だし、かといって根尾も情報提供に熱心だとはいえない。現に、大ボス五人の名はまだ京都に通知していない。根尾の持ちネタは宝石密輸に関する情報だけ。わざわざ大阪くんだりまで出向き、一日がかりで得た唯一のネタを容易に渡せるわけがない。

京都府警は宝石密輸についてどこまで知っているのだろう。その後、捜査はどこまで進んでいるのだろう。

キャッツアイ連続殺人は滋賀県警が抜く。必ず抜く。これほどの大事件、二度と手がけることはないと、根尾はざらつくあごを撫でながら、思う。

「デカ長、これ見て下さい。嫌な世の中になりましたな」

山陰宮津線の車中、相棒の白石がスポーツ紙を差し出した。

「何や、わし手離されへん」

五十嵐はカニ弁当を食べるのに忙しい。

「キャッツアイがね、えらいよう売れとるんですて。昔、『ルビーの指環』いう歌が流行ったん、デカ長知ってはるでしょ」

「さあ、どんなんやったかな」

「くーもり、ガッラッスのむっこうは……」

「やめてくれ。弁当腐る」

「あの歌が流行った時、ルビーが爆発的に売れたんですて。それが、今はキャッツアイがえらい人気で、何ぼ輸入しても追っつかんくらいの売れ行きやそうですわ」

「世間いうのは無責任なもんや」

箸を置いて五十嵐は外を見遣る。さっき列車は西舞鶴駅を過ぎ、今は由良川沿いを下流に向かって北上している。遠く西を望むと、由良ヶ岳は七合目あたりまでまだ雪景色。今年の春は遅い。

「女いうのは何であんなもん欲しがるんですかね。食えもせん、パチンコ玉の代わりにもならん、ただの色つきの石ですがな。それを何十万、何百万出して買おういうんやから、不思議なもんですわ」

「そうかな。わし現場で見たけど、あれ、結構きれいがな。ま、しかし、あんまり大々的に報道されるのも良し悪しではあるな」

キャッツアイ連続殺人がニュースに取り上げられない日はない。捜査上のどんな些細なことでも必ず記事になる。五十嵐のような部長刑事が集中的に記者に追いまくられる。それも自宅まで。刑事稼業三十年、記者に夜討ちをかけられることなどそう珍しくもないが、このところ毎晩のように顔見知りがやって来る。適当にお引き取り願うが、相手をするのはやはりしんどい。今朝も、白石と京都駅で落ち合い、この列車に乗るまで、途中何度も後ろを振りかえった。刑事が記者に尾行されるようでは面目が立たない。

五十嵐と白石は京都府与謝郡伊根町に向かっている。

京都桂の被害者、村山光行は二月八日、インドから帰国した。その後、二月十一日から、殺された二月十八日までの一週間、消息を絶った。京都府警笹野班はこの間の村山の行動こそ事件の鍵を握るものと考え、その解明に全力を注いだ。

村山の下宿を捜索した結果、大型の旅行用バッグが発見された。中には汚れた下着類、雑誌数冊、洗面具等があった。それらのうち、捜査陣が注目したのは二本の使い捨て歯ブラシで、一本は使用済み、あとの一本はセロファン包装のままだった。村山は行方不明の一週間、この種の歯ブラシが備え付けられている場所、つまり、旅館かホテルにいたのではないかと考えられた。

歯ブラシの製造業者はすぐに判明した。京都市南区上鳥羽の「筒井ブラシ製造所」、卸商は同区吉祥院の「丸松雑貨」。丸松は歯ブラシを、京都市を中心に、大津、守山、近江八幡といった琵琶湖南岸周辺、小浜、高浜、舞鶴、宮津といった若狭湾沿いの地域に流していた。捜査員は丸松から得た小売店リストをもとに四方へ散った。小売商を訪れ、その小売商がどこへ筒井の歯ブラシを納入しているかを調べ、次はその納入先へ村山の写真を持って行く。足で稼ぐ地道な捜査だ。ある捜査員は雄琴のソープランド巡りまでしたという。五十嵐はソープランドで歯ブラシが使われることを初めて知った。

そして二週間、努力は報われた。丹後半島の東端、若狭湾に突き出た新井崎の観光旅館、「東波荘」に村山が滞在していたという情報を得たのであった。

十一時十分、五十嵐と白石は天橋立に降り立った。観光地らしく、駅前には土産物店と軽食堂が二十軒ほども並んでいる。シーズンにはまだ早いのか、観光客は少ない。

バスターミナルから伊根行きのバスに乗った。十人ほどの同乗者は潮灼けした顔の老人ばかり、伊根も過疎の町になりつつある。

海沿いの曲がりくねった細い道を一時間近くバスに揺られ、「東波荘」着。岬の突端から道ひとつ隔てた二百坪ほどの土地に、後ろを山肌に接して建てられたこぢんまりした旅館だった。鉄筋コンクリート三階建、前面にだけ貼った薄茶のタイルがところどころ剝がれ落ちている。

予め連絡してあったので、五十嵐と白石はすぐフロント横の応接室に通された。茶を一口飲んで、

「まず村山光行の宿泊期間から教えて下さい」

五十嵐は単刀直入に切り出した。

「二月十二日、夕方の六時頃いらっしゃいました。予約はなかったです。帰りはったんは二月十八日の夕方、四時すぎだったと思います」

主人は考え考え答える。眉に白いものの交じった温厚そうな男だ。五十嵐と同年輩か。

「その間の村山の行動、できるだけ詳しくお願いします」

「そうですね、ほとんど外出はしはれへんかったようです。三食ともここで食べはって、一日中、部屋にいらっしゃいました。必要以外のことは何もいわはれへんし、ただ閉じこもったきりなので、これはひょっとしたら危いのやないかと私どもは噂してました」

「それは、自殺の惧れでもあると」

「そう、それです。時たま廊下で顔合わせても、ふっと眼を逸らして、いつも何か考

え込んでいるようで……とにかく変わったお客さんでした」

「宿帳見せてもらえますか」

　白石がいった。

「持って来てます」

　主人はテーブルの下から黒い表紙のノートを取り出し、該当のページをめくる。

「案の定や。似ても似つかん名前ですな」

　——大津市八幡町、田中弘一、そう書いてあった。

「だいたいが、大津市に八幡町なんぞあらへん。近江八幡市のことかいな」

「村山、外部と連絡をとりあってた、いうようなことは」

　五十嵐が訊く。

「二度ほど見ました。ロビーの赤電話を使うてはるとこを。ぼそぼそと小さい声で話してはりました。私が通りかかったりすると、急に話をやめるんです」

「客室からかけることできんのですか」

「できますけど、うちはまだ旧式で交換を通さないといけないので……」

　村山は他人に知られてはまずい人物に連絡をしていたに違いない。相手は誰だ。それが判明すれば事件の糸がかなりほぐれそうな気がする。

「外部からの電話はどうです」

「ありました。私が受けたのが一回、家内が二回。相手の名前は分かりません」

「どんな声でした」

「男の……そうですね、四十歳くらいですか」

「訛りは」

「さあ、特に気をつけて聞いたわけやないので。すみません」

「いや、それだけでも充分参考になります」

「村山さん、三回目の電話があった次の日、急にお帰りになりました。最初は半月ほど滞在するとかいうてはったんですけど」

「ほう、半月も……」

五十嵐は相槌を打ちながら、頭の中では様々の考えを巡らせている。

村山は旅館に隠れ、特定の相手と連絡をとりあっていた。最後の電話で相手に呼び出され、そして殺された。なぜ隠れる必要があったのか、なぜ殺されたのか、なぜキャッツアイを呑まされたのか……。

「金払いはどうでした。村山、そう裕福な状態ではなかったはずなんですが」

「良かったです。ここに来はった日に二十万、ポンと預けはって。その点は何の心配もしてません」

「なるほど。二十万円をね……」

五十嵐はあごを撫でる。

「部屋、見せてもらえますか」

「どうぞ、こちらです」

主人は気軽に立ち上がり、応接室のドアを押した。先になって、五十嵐たちを二階の客室に案内する。

部屋は八畳の和室、海に面した障子の向こうに板敷きの縁側と洗面台のある、観光旅館としては標準的な造りだった。五十嵐は押入れや床の間の袋戸棚を開けてみた。注意をひくものはなかった。

「あれから三組ほどお客さんをお泊めしたので」

主人はすまなさそうにいった。

再び応接室に戻り、おかみさんと、あと、部屋係のおばさん二人から事情を聴取し、午後三時すぎ、「東波荘」を出た。

天橋立で五十嵐は「橋立せんべい」を買った。

「やっぱり安物は安物の値打ちしかないな。これ見てみい。こないだ買うたばっかりの靴、この有様や」

安井刑事は足をテーブルの横に出し、靴のかかとをトントンと床に打ちつけた。そのたびに表革と底革の間が開き、靴下が見える。

「先輩、堪忍して下さいな。そんなん見たら食われへん。ただでさえまずいのに」

船木はうどんをすすりながらいう。

「白手帳（雇用保険日雇労働被保険者手帳）を持っとるのが一万五千人、持ってへんのが五千人。計二万人のうち家族との同居者たったの三パーセント、あとの九七パーセントは大半が住民登録もなし。警察に対する不信感極めて強い……話には聞いてたけど、こんなにやりにくいとは思わなんだ」

大阪府警工藤班の安井と船木は相も変わらず釜ヶ崎一帯を這いずりまわっている。吉中隆一の身辺捜査のためだ。吉中を知る労働者はもちろんのこと、ドヤの主、近くの商店主など、少しでも関係があったとみられる人物すべてを対象に訊込みをし、吉中を殺す動機を有する者を特定するのが目的である。キャッツアイ連続殺人は、いわゆる無差別殺人ではない。余県の死体を顔を潰してから遺棄したのも、村山光行をわざわざ下宿まで行って毒殺したのも、裏に並々ならぬ動機があるからだ。だから、吉中の殺人にも動機がないということはあり得ない。工藤班は愛媛県警に協力を要請し、吉中の遺族及び顔見知りの身辺捜査も行っている。要は動機だ。ヨゴ、村山、吉中、この三人が殺されねばならなかった理由は必ずある。三人をつなぐ糸は必ず存在する。

「それにしても、ドヤの建て替えラッシュ、すごいもんやな。どないなっとんねん」

来る。

　安井は自分のうどんをさっさと食べ終え、手持ちぶさたなのかしきりに話しかけて来る。

「関西新空港をあてこんでるんですわ。空港建設ではものすごい数の労働者が集まる。今時、カイコ棚にベニヤの間仕切りでは儲からんのでっしゃろ」

　万博の前にもドヤの建て替えラッシュがあったが、今回はそれ以上だという。木造のドヤが次々に取り壊され、鉄筋コンクリートのスマートな造りになっている。各室とも冷暖房、テレビ、水洗トイレ完備。かわりにドヤ代は、一泊六百円前後から千五百円程度にはね上がる。いずれにせよ、昔ながらのドヤ街のイメージは少しずつ、しかし確実に払拭されつつある。

「お待たせしました。行きましょ」

　船木は席を立った。午後からは萩之茶屋近辺の飲食店まわりをするつもりだ。

　歩道のポプラに背をもたせかけ、行き交う車を眺めている初老の男がいた。首に赤いタオルを巻き、寒そうに身を縮めている。仕事にあぶれたのだ。長びく不況のあおりを受け、日がな一日そうしてぼんやり坐り込んでいる日雇労働者を船木はよく眼にする。こうして実りのない捜査を続けているのも辛いが、彼らはもっと辛いに違いない。

　一瞬、強い風が吹き、紙くずが舞い上がった。

10

「まず、金の出どころですわ。村山は『東波荘』に着いてすぐ、フロントに二十万円をポンと預けた。二月八日にインドから帰ったばっかりで何ぼも金持ってへんはずやのに、二月十二日にはもう二十万の金を持ってる。これ、どういうことです」

昨日、新井崎の「東波荘」で得た情報をもとに五十嵐は意見を述べた。

「やっぱり密輸か……」

笹野警部がぽつりと応じる。

「ここまで来たら、そう断定してええんやないかと思います」

「村山の帰国後の足取り、もう一ぺん洗い直す必要があるな」

「二月八日から十二日までの五日間が捜査対象になります。この間に村山はキャッツアイを換金しよったんです」

「今持ってる情報をまとめてみよ」

笹野はデスクの上にノートを広げた。五十嵐はそれを覗(のぞ)き込む。三月四日の合同捜査会議以来、今日でちょうど一週間、村山の足取りはかなり詳細に摑(つか)めている。

○二月八日。
▼午後七時二十分、大阪国際空港着。
▼午後十時、京都市西京区桂の下宿に帰着。
○二月九日。
▼午後四時、京都府立美大模写室にて友人（永瀬修三、阿部昭治、河野啓子、羽田弘美）と会う。
▼午後七時、三条木屋町（さんじょうきやまち）のスナック「藤（ふじ）」に現れる。——藤は村山行きつけの店、マスターの話によると、村山はかなり沈んだようすで、ただ黙々と水割りをあおっていた。飲食代は三千二百円。村山はこれをツケにしている。（キャッツアイをまだ換金していなかった？）
▼午後九時、「藤」を出る。
○二月十日、終日下宿。
○二月十一日。
▼午前十一時三十分、上京区烏丸今出川（からすまいまでがわ）の画廊「深山（みやま）」に現れる。画廊主と近くのレストランで昼食をとる。
▼午後二時から三時、烏丸丸太町（まるたまち）のジャズ喫茶「セロニアス」。
▼午後四時から六時三十分、下宿。

▼午後七時、美大模写室。
▼午後八時、模写室を出る。（日本画科の二回生が部屋から出て来た村山を見た）
以後、村山の行動、不明。
○二月十二日。
▼午後六時、京都府与謝郡伊根町新井崎の観光旅館、「東波荘」に現れる。
○二月十八日。
▼午後四時三十分、「東波荘」を出る。（東波荘から天橋立までバスで約一時間。村山は十七時四十四分発のあさしお八号で京都に向かったと考えられる。京都着は二十時一分。下宿には午後九時ごろ帰ったと思われる）
▼午後十時三十分、死亡（推定）。
▼午後十一時、死体発見。

「村山、『東波荘』でのようすから、余呉の事件を知っていたような気がするんですわ。ヨゴの死亡推定日時、いつでしたかな」

「ちょっと待て」

笹野は脇机からファイルを抜き出し、広げる。

「二月十一日午前から十三日の午後や」

「ということは、この……」

　五十嵐はノートを指で押さえ、

「二月十一日の午後八時から二月十二日午後六時まで……つまり、村山が美大の模写室から出て行き、『東波荘』に現れるまでの約一日間が、死亡推定日時にぴったり合致します」

「こいつは意味深やな」

　笹野はたばこを咥えた。つられて、五十嵐も一服吸いつける。

「これは仮説ですけど、余呉の殺人と死体遺棄、村山がやったんと違いますやろか。動機はキャッツアイの密輸に関するいざこざ。それで村山、丹後の伊根に隠れた」

「えらい大胆な仮説やな。一応の筋は通ってるけど、かなり無理があるで」

「そうですかな」

「ガラさんの説によると、余呉の被害者は少なくとも宝石を扱う人間でないといかん。それやのに、ここ数カ月、近畿一円の宝石商や宝石ブローカーで行方不明になっとるのは一人もおらん。第一、村山はヨゴにキャッツアイを呑ませるはずがない。いやが応でも宝石業界に捜査の対象がいってしまうがな。それに、美大の学生と殺人いうのも、もうひとつぴんと来ん」

「そういや、そのとおりですな」

　五十嵐は自説をあっさり打ち消した。

「いずれにせよ、二月十一日と十二日の村山の行動が焦点になる。『深山』とかいう画廊と、『セロニアス』いう喫茶店、ガラさん、もう一ぺん洗い直してくれるか」

「村山の友達連中はどないします」

「永瀬と阿部とかいう学生やろ。永瀬は毎日、美大でラグビーの練習、阿部は室町の自宅で染色の手伝い。今のとこ、不審な動きはない。インドへ行った女二人が帰って来よったら本格的に張りをつけるつもりや」

「ほな、わし、これから画廊と喫茶店行ってみますわ」

　五十嵐はフィルターのところまで吸ったたばこを揉み消し、笹野のデスクを離れた。

（今日は寒そうやな）

　マフラーを二重に巻いた。


　今出川通り。烏丸と堀川の間を、五十嵐は同志社大学英文科の建物に向かって北へ歩く。付近は軒の深い瓦屋根に白い漆喰壁の町家が隙間なく並んでいる。昔懐かしい連子窓もある。そんな古めかしい建物を改装し、一階を全面ガラス張りにしたのが「深山画廊」だった。ガラスのそこここに各種展覧会のポスターや案内状が貼ってある。

画廊の主は奥の事務室にいた。用件を告げると主はこちらへ出て来た。展示室の中央にあるソファに五十嵐を坐らせ、白い化粧合板のテーブルを挟んで向い側に腰を下ろした。他に客はいない。

「捜査一課の五十嵐巡査部長です」

少しばかり固苦しい挨拶をした。

「深沢孝平です」

吊り上がった細い眼と大きな鼻がどことなくアンバランスな感じを与える。髪はオールバック。こめかみのあたりに白いものが目立つ。

年齢は四十二、独身。画廊の二階に母親と二人暮らし――以前、訊込みに来た白石の報告書を読んだ。

「五日ほど前ですか、刑事さんが来はりました。えーっと、白……」

「白石。同僚ですわ」

「きょうは」

「すんまへん。この前と一緒ですねん。村山光行はんのこと、もう一ぺん聞きたい思て。……確か、二月十一日でしたな、村山はんがここへ来たん」

「そうです。昼食を一緒にしました」

「村山はん、どんな用件でここへ」

「個展の打ち合わせです。インドの風景をもとにして水彩画展を開く予定でした。期間は三月五日から三週間。ほんまやったら、今頃ここにズラッと水彩画が並んでるはずやったんですけど」

低く呟くように深沢はいい、壁を見まわす。木版画らしきモノトーンの絵が十数点展示されている。

「村山君、スケッチを四十枚ほど見せてね、この中から三分の一ほど、いいのを選んで八号くらいの作品に仕上げると、やる気いっぱいでしたのに」

「ちょっ、ちょっと待って下さいな」

深沢の言葉にひっかかるものがあった。

「村山はんが四十枚ものスケッチを見せたいうの確かですか」

「ええ、間違いありません。私、この眼で見ました。B3の青い表紙のスケッチブック三冊です」

「ほう……」

五十嵐は短く刈った頭を二度、三度撫でまわす。

村山が殺された次の日、二月十九日の夕方、五十嵐は美大へ行き、模写室にある村山の持ち物をすべて押収した。その中にインドの風景を描いたスケッチブックはなかった。また、村山の下宿を捜索した際も、インドを描いた作品と下絵は十点近くあったが、深沢のいう青い表紙のスケッチブックは発見されなかった。

（どういうことや。深沢のいうことが本当なら……）

五十嵐の脳裏に模写室のクラスメート四人の顔が浮かぶ。

（あいつら、村山のスケッチブックを隠しよったに違いない。……何でや、何でそんなことしたんやろ。あいつら、わしが思てる以上に事件に深くかかわっとるのかもしれん。一ぺん締め上げてみる値打ち、ありそうやな）

「どないしました、刑事さん、急に黙り込んでしもて」

「すんまへん、ちょっと考えごとしてました」

「疲れてはるのと違いますか、毎日毎日訊込みですやろ」

「いや、これが仕事やから……。こうして絵に囲まれて商売するのよろしいな」

五十嵐は絵などに興味はないし、こうした客商売も好きではないが適当にお愛想をいう。

「そうでもありませんわ」

深沢は苦笑し、

「ここに掛けてある木版画、知り合いの作家から無理いうて借りて来たんです。村山君が急にあんなことになったから、えらい予定が狂うてしもて。ここにある作品、いわばピンチヒッターですわ。そやし、売れても、うちには一文も入らしません。その上、村山君には……。もうええ、こんなことというても仕方ない」

と、最後は呟くようにいった。

「村山はんがどないかしたんでっか」

五十嵐はすかさず訊く。

「いえね、私、村山君にお金貸したんですわ。作品が売れたら返してもらう約束で。彼があんまり一所懸命頼むもんやから」

「何ぼですねん」

「五万円です」

「それ、いつのことです」

五十嵐は身を乗り出した。五万円は、村山が東波荘に預けた二十万円の一部かもしれない。

「去年、彼がインドへ行くちょっと前やったと思います」

「何や、そうでっか」

五十嵐はソファにもたれ込み、

「十一日はどうでした。村山はん、大金を持ってるようなようす、なかったですか」

「それはありません」

深沢は小さく手を振り、

「実は十一日に会うた時も、帰り際に一万円ほど都合したんですわ。村山君、ここ二、三日、まともな食事をしてないとかいうもんやから」

「なるほどね……」

「しかし、ま、五万円いうの、半端な金額ですな。大金ではないし、かというて、はした金ともいえず……村山君、死んでしもたから、今さらどうしようもありませんわ。借用証とってるわけやなし、徳島のご両親にこんなことといえるはずもない……」

深沢は未練がましく言葉を継ぐ。この調子で喋らせていたら、五十嵐に借金取りの片棒を担げと言い出しかねない。

大の男が五万円くらいでぶつくさいうな、香典やと思たらええやないか――五十嵐は心の中で吐き捨て、

「食事に行かはったん、どこの店ですか」

深沢の繰り言を遮るように訊いた。

「上立売通りの『シャンクレール』いうレストランです。ここから百メートルほど上がった小川公園の前にあります」

「それはいつでしたかな」

白石の報告書で知ってはいるが、同じことを何度も訊くのが捜査の鉄則だ。

「二月十一日の……十二時半から一時半でしたか。村山君とはそこで別れました」

と、答えるのを聞きながら、五十嵐はもう立ち上がっていた。

「えらい手間とらせました」

「深山画廊」を出た。

北に向かって歩くと、「シャンクレール」はすぐに見つかった。前に車四、五台分の車寄せがあり、銅板風の緑色スレート屋根、べんがらの柱と薄茶の壁といった和風の建物だ。中に入る時、ちらっと横のサンプルケースを覗けば、うどん、そばからオムライス、ステーキ、すしまである、いわゆる何でもレストランだった。

五十嵐は支配人を呼んでもらい、話を聞いた。

支配人は常連の深沢をよく知っていた。二日に一度は来るという。二月十一日、深沢と村山は確かに「シャンクレール」で昼食をとっていた。深沢はいつもの日替りランチ、村山はエビフライ定食とスパゲティー。支配人はメニューまで覚えていた。

五十嵐はまた歩く。次は烏丸丸太町のジャズ喫茶「セロニアス」だ。

いったん烏丸今出川まで出て、京都御苑に沿って南へ下る。五十嵐の背の倍ほどもある築地がどこまでも続く。丸太町通りはバス停なら三つ目、距離にして一・三キロメートル、その間を築地が一直線につなぐ。

烏丸丸太町に着いた。「セロニアス」は府立労働会館の裏、一方通行の狭い道に面していた。赤い煉瓦タイルの二階建、前面の半分ほどを蔦が覆っている。

厚い木のドアを押した。よれよれコートの闖入者に、常連らしい客の胡散臭そうな視線が集まる。店内はカウンターと四つのテーブル、奥にタンスのようなスピーカー。

五十嵐はカウンターに席をとり、

「コーヒー」

カップを拭いている男にいった。男はこちらを見ようともしない。

「すんまへんな、コーヒー」

ベースの重低音に負けない大声でいった。

少しウエーブした長髪、尖った鼻の下に、まだ伸ばし始めたばかりなのかちょろちょろの薄いヒゲ、眼の細い男だった。男はカップを置き、

「あんた……私服か」

露骨に嫌そうな顔をした。

「よう分かりましたな。あんた、桑原さんやな」

ヒゲは返事をしない。かまわず五十嵐は続ける。

「ちょっと訊きたいことがあってな、悪いけど教えてほしいんや」

「この間も私服が来た。そいつに訊いたらええやろ」

「私服……か」

五十嵐は呟く。刑事を私服呼ばわりすることでも分かるが、桑原範明は七〇年代の

初め、いわゆる三派系全学連の活動家であった。第二次羽田闘争及び一連の大学闘争で三度の検挙歴がある。現在は引退して父親の所有する土地にこの店を建て、マスターとしておさまっているが、警察嫌いは厳としてあるらしい。

あいつ、どないもしょうおまへんで。所詮は親のスネかじりのくせして生意気な。わしが刑事でなかったらどえらいめに遭わせたるんやけど——白石が訊込みから帰ったあとも憤懣覚めやらぬ調子でいきまいていた。そんな風に本気で怒れる若さが五十嵐にはほほえましく、また羨ましくもあった。

「村山光行、この店の常連やったそうやな」

カウンターに身を乗り出すようにして訊く。桑原はサイフォンをセットしながら、

「それを知っとるから来たんやろ」

「二月十一日、村山、一人やったかな」

「一人や。同じことを何回訊いたら気が済むんや」

「これがわしらの仕事なんや。必要とあれば何べんでも来る」

「願い下げや。うっとうしい」

「うっとうしいと思うんやったらちゃんと喋ってくれ。お互い手間が省ける。村山、何時頃ここを出た」

「三時」

「そのあとどこへ行くか、いうてへんかったかな。どんな些細なことでもええ、思い出してくれ」

「思い出されへんから、些細なこと、というんやろ」

さすがに五十嵐もムッとする。それでも、

「二月十一日の午後八時から二月十二日の午後六時まで、村山、行方不明なんや。それが分かったら捜査は大幅に進展する」

努めて平静な口調でいった。

「進展しようがすまいが、とにかく、おれは知らんのや。あんたらの顔見とうないし、知ってることは全部いうた。何回来ても知らんもんは知らん」

桑原は眉根を寄せる。まんざら嘘をついているようにも思えない。これ以上粘っても新たな情報は望めそうにない。

「これで最後にするわ。あの日、村山、スケッチブック持ってへんかったかな。青い表紙の」

唯一の新ネタを披露する。

「そんなこと覚えてるわけない」

予想どおりの答えが返って来た。

「そうか。また来るわ」

五十嵐は勘定を置いて立ち上がる。

「コーヒーどないするんや」

「わし、西洋音楽あかんねん」

せいいっぱいの皮肉を込めていった。

地下鉄丸太町に向かう。

今日の訊込みで二つの収穫があった。一つは金。村山は、深沢に会った時点では金に困っていた。だから、キャッツアイを換金したのなら、それは「セロニアス」以降、「東波荘」に現れるまでだ。取引相手が桑原である可能性も考えられる。

あとの一つはスケッチブック。よくよく考えてみれば、少なくとも写生旅行に行ったはずの村山がスケッチを残していないというのはおかしい。三冊のスケッチブックは存在する。

明日は美大の男子学生を攻めてみよう。阿部とかいうお坊ちゃんがいい。どことなく気が弱そうで、叩けば簡単に白状しそうだ。


「ええ、どうですねん、村山はんのスケッチブックどこにありますんや」

「そやから、さっきから何べんもいうてるように……」

「河野と羽田がインドへ持って行った」

「そうです」

「あほいいなはんな。誰がインドくんだりまで他人のスケッチブック抱えて行く。わし、納得できまへんな」

つい声が大きくなる。隣の席のアベックがこちらを見る。上京区室町の喫茶店。阿部の家のすぐそばだ。

「ほんまです。嘘やありません」

阿部は消え入りそうに答える。

「ほな、理由をいうてくれまへんか。スケッチブック持って行った理由を」

「村山さんのスケッチを完成させるためです。あの人の遺作展を開いたろと、みんなで決めたんです」

「えらい麗しき友情でんな。わしが美大へ訊込みに行った時、あんた、平然としてましたがな、同級生が死んだというのに」

「あの時は気が動転してたから」

「へえ……」

五十嵐は阿部をじっと見る。阿部は視線を自分の膝に落としたまま身じろぎもしない。彼の話、本当かどうか五十嵐はまだ判断しかねている。

「あんたな、証拠隠滅いうの聞いたことありますやろ」

噛んで含めるようにいった。

「あります」

「あんたらのしたこと、犯罪なんでっせ」

「はあ？」

「被害者の持ち物を勝手に隠匿する……立派な犯罪ですがな」

「隠匿やて……あのスケッチブック、頼まれて河野が預かってたんです。村山さんのロッカー、いっぱいやから入らへんいうて」

「河野さんはそんなことといわへんかったでっせ」

「河野も気が動転してたんでしょ」

「また動転かいな、便利な言葉ですな」

五十嵐は冷めた残りのコーヒーを一気に飲みほし、

「それで、今インドにあるという村山はんのスケッチブック、いつ帰って来ますんや」

「多分、三月の終わり頃です」

「あと、二週間とちょっとですな。……しゃあない、待ちまひょ。その代わり、河野さんと羽田さん、帰国する時はちゃんと報せてくれるんでっせ。よろしいな」

「はあ……」

阿部は俯いたままこっくり頷いた。

（大学生いうたって、まだ子供やな。案外しおらしいとこもある。もう一人の方も今頃こうしてうなだれとるんやろか……）

朝、捜査本部で打ち合わせをしたあと、白石は沓掛へ行った。今日、永瀬修三は美大のグラウンドでラグビーの練習試合をしているらしい。阿部と永瀬二人から同時に話を聞き、それをあとでつきあわせてみる、捜査の常道だ。

「ところで、あの河野さんと羽田さん、二人揃てかなりの美人でんな。女の子ばっかりでインド行って、危ないことはおませんのか」

五十嵐は笑いながら話しかける。今度は雑談の中から捜査の手がかりを得ようという肚だ。

「ぼくもよう知らんのですけど、インドいうとこは――」

阿部は顔を上げ、話し始めた。

11

朝一番、根尾は川村と熊谷を呼んだ。二人から、大阪の松下誠一、京都の木島隆、両宝石業界の黒幕に対する身辺捜査の進捗状況を聞くためだ。

「どうだ、その後」

まず熊谷に訊いた。彼は大阪担当班の長だ。

「あきません。松下の周辺で最近行方や消息が不明になったん、一人もいてません。あいつの商売仲間、暴力団関係者が多いし、そのせいもあって交際範囲は極めて狭いんです。特定の小売ブローカー二十人くらいしか相手にしてへんみたいですわ」

いって、熊谷は鼻の頭をひとかきした。その癖があるから彼の鼻はいつも赤い。

「アリバイはどうなんだ」

余呉の被害者の死亡推定日時における松下のアリバイだ。

「それもあきません。二月十一日と十二日は南区の自宅におったみたいなんですが、十三日のアリバイは皆目分からんのです。何せ、本人に訊かんと周辺ばっかりあたっとるもんやから、もひとつ確たるところが摑めません」

「辛いところだな。松下には気づかれないよう、続けてくれ。……それで、川村君の方は」

川村は京都の木島を担当している。

「この間報告したように、アリバイは完璧ですわ。二月の十一日と十二日は福井市で宝石の展示即売会。十三日は家族サービス。嫁はんと子供連れて大阪の万博公園へ行ってます。周辺に姿消した人物もおりません。商売の範囲は広いです。東は岐阜、福井から、西は岡山まで。取引相手もブローカーから小売店、質屋、バッタ屋と、種々雑多です。バッタ屋を除いて、これはいてしません」

　川村は人さし指で頬を切る仕草をした。

「面倒でも取引相手を一人ずつ洗わなきゃならんな」

　歯列の照合作業は現在、京都府と奈良県を行っている。ポスター捜査は進展なし。いずれも望み薄。だから今、根尾に残された捜査は、黒幕五人を、それもカラーストーンを扱う松下と木島を洗うことしかない。

（キャッツアイいうのはね、客寄せ用の石なんですわ。そやから、大ボスが貸出し用に買い付けたんやないかと……）

　山本に聞いたあの言葉だけが頼りだ。

「川村君は木島の取引相手のリストアップ。明日から始めてくれ。できるだけ詳しく、な。熊谷君は大阪府警。捜査四課に連絡をとって、マル暴関係から松下を調べてくれ」

　根尾はデスクの上に両手を広げ、きっぱりといった。

「思たとおりですわ。桑原のやつ、台湾、フィリピンからバンコク、香港と、ここ五年間で二十回ほども東南アジアに行ってました」

「ようやった。さすがガラさん、こいつはひょっとしたらひょっとする」

丸く小さい眼を細くして笹野がいう。

「喫茶店放り出して、平均したら一年間に四回も……何をしに行きますねん。密輸としか考えられませんわ」

「村山は『セロニアス』でキャッツアイを換金しよったんやな。それで、その足で『東波荘』へ行った。話が符合する」

笹野の言葉に五十嵐は大きく頷き、

「桑原、自分が密輸するだけでは飽き足らんかったんです。それで、村山を運び屋に仕立てて荒稼ぎしてた……」

「桑原のアリバイ、念入りに洗てみんといかんな。余呉の被害者の死亡推定日時である二月十一日午前から、村山の殺された二月十八日の夜まで。しばらくの間、張りをつけてみよ。桑原のやつ、おかしな動きするようやったら、こっちの思うツボや」

「わしはどないします」

「『セロニアス』を出たあと、村山はいったん下宿に帰り、模写室へ行った。多分、荷物をまとめてたんやろ。……ガラさんは大学を出てから『東波荘』に現れるまでの村山の足取り追うてくれるか。それと、あの学生連中もや。村山のスケッチブックを手に入れよ」

「了解。白石と二人でやります」

五十嵐は笹野のデスクを離れた。今後の捜査に確たる指針を得て晴れ晴れとした気分だ。

「石やん、一服せえや」

報告書をまとめている白石を誘って捜査本部を出た。桂署前の喫茶店に入る。白石はコーヒー、五十嵐はココアを注文した。

「インターポール、まだ返事来んのですか」

白石がいう。

「どやろ。偉いさんのすることや。わしら下っ端には分からん」

インターポール――国際刑事警察機構。犯罪の防止、鎮圧のため各国が協力する組織。主要業務は犯罪情報の交換と国際手配である。パリに事務総局があり、日本の警察庁からも現在、警視が一人出向している。一九八〇年末現在、百二十七カ国が加盟――。

三月四日の合同捜査会議後、京都府警は警察庁を通して、インターポールに、村山光行のインド国内における行動を調査してもらうよう依頼した。

「インドいうたら、えろうのんびりした国でっしゃろ。ちゃんと捜査してくれてるんかな」

「さあ、わしには想像もできん。何せ、九州より南は行ったことないさかい」

「学生はよろしいな。思いたったらすぐ行動に移せる」

「河野と羽田とかいう女子学生やろ。あの二人、インドくんだりまで何をしに行ったんや。染色屋のぼんぼんは、村山の遺作展を開くためやとかいうてたけど、わし、もひとつ信用できん」

「ラグビー部の体力バカもそんなことというてました」

「わし、絵描きの世界いうの詳しないからよう分からんのやけど、普通、遺作展のために他人のスケッチブックなんぞ持って行くか」

「見られてはまずいもんがあったんと違いますか」

「例えば」

「スケッチブックの片隅に、犯人の名前が書いてあったとか」

「それなら、何もスケッチブックをインドまで持って行く必要ない。都合の悪いページだけ破り捨てたらそれでええ」

「ほな……」

「分からん。スケッチブックより、わしは河野と羽田の行動に興味がある。あいつら帰って来るの、三月の末やったな……あと半月や」

「あの二人、我々が手ぐすねひいて待っとるとは思いもよりませんやろ」

「お啓、どうしたの、さっきからクシャミばかりしてるじゃない」

「私の噂をしてるんや。最近、模写室のマドンナ、顔を見せへんけど何をしてはるんかな、病気で伏せってはるのやないかいな、心配やな、花束持ってお見舞いに行こか……てな具合」

「よくいえるね、そこまで」

「弘美は何ともないの？　寒いでしょうが」

「私、強い子だもん」

「鈍感なだけです」

「はい、はい。……それより、これからどうしよう。京都へ帰る？」

大阪国際空港、出入国ロビーのフロアに、山のように広げられた荷物を見て、弘美はためいきをつく。

「あかん、あかん。何のために予定を早めて帰国したか分からへん」

「ほんとに刑事が待ってるの」

「当然よ。私らの行動はきっちりマークされてる。そう思てまず間違いはあらへん。のこのこ家へ帰ったりしてみ、五分も経たんうちにあの八の字眉(まゆ)のおじさん……何ていうたかな」

「そう。その五十嵐君が姿を現すんや。例のとぼけた顔で、『インド、どないでした。さぞおもしろい国なんでっしゃろな』てな調子。ああ、クワバラ、クワバラ」

「じゃ、永瀬君やぼんにも……」

「絶対に連絡したらあかん。クボタマユミを引っ捕まえるまではダメ。荷物は国鉄大阪駅に預けるんです」

「大阪駅？」

「これから岡山へ行きます。いいね」

啓子は強く言い放った。弘美は何もいわない。啓子のいうことにいちいち異議をはさんでいたら、口がいくつあっても足りない。

二人は再び荷物をまとめ、バスに乗り込んだ。大阪駅まで三百六十円、ルピーに換算して十二ルピー、ひどく高いものに思われた。

新幹線で岡山、そこから急行に乗り換えて笠岡市。セーターにジーンズ、ショルダーバッグ、軽装の二人が駅前に降り立ったのは午後九時すぎ。日はとっぷりと暮れ、人通りはない。開いているのは自転車置場の向こうにある小さなパチンコ屋だけ。

どの店もシャッターの下りた駅前商店街のアーケード下を歩き、一筋横のビジネスホテルに入った。昔ながらの商人宿だった。

翌朝、二人は笠岡市にたった一つある専門学校に向かった。人口六万二千の笠岡に短大、大学と称するものはない。

海沿いの市街から曲がりくねった山道をバスで十分、なだらかな丘陵地にまだ新しい三階建の校舎がぽつんとあった。東京に本部のある服飾学院の提携校だ。クボタマユミは二十歳の学生だから、ここに在籍している可能性が強い。

「もう卒業したかもしれませんけど、クボタマユミさんに会いたいんです。住所、教えていただけませんか」

受付で、啓子が訊いた。紺の上っ張りを着た中年の女性事務員は親切に応対し、在籍者名簿を五年前の分まで調べてくれた。クボタマユミの名はなかった。

「クボタさん、福山の大学へ通うてたんじゃないかね。笠岡から福山へは電車で十五分じゃけえ、そうしとる子たくさんおるでね」

おばさんはのんびり喋る。方言混じりの話し方に人の好さが滲み出る。

「福山には大学、短大いくつくらいあります」

「四つじゃね。市立短大、暁の星短大、黎明女子短大、それと広大の水産学部、あと専門学校が、そうじゃね、十校はあるんじゃないかね」

「すみません。お手間かけました」

「いいえの。……これから行くんかいね」

はい、と啓子は頷く。

「ほいじゃ、市立短大からまわってみんさい。福山の駅から一番近いけえ」

「どうも、ありがとう」

もう一度礼をいって弘美と啓子は専門学校を出た。

――市立短大、暁の星短大にクボタマユミはいなかった。二人は福山市街を西へ歩く。

黎明女子短大は芦田川を渡ってすぐ、国道二号線沿いにあった。色褪せた煉瓦塀と、濃い緑のタイルを張った校舎とがアンバランスな対比を見せている。

受付にいたのは弘美たちと同じくらいの若い女性だった。用件を告げると、彼女は早速名簿を取り出した。細かい文字をゆっくりと眼で追っている。

「ありました」

「えっ、ほんと？」

意外にあっさり見つかったものだから、啓子は拍子抜けしたようす。

「この人でしょう？」

名簿がカウンター上に差し出された。〈窪田真由美。住所、笠岡市東浦二の五、中山康郎方〉となっている。それを啓子は手早くメモ帳に書き写した。

　笠岡から福山、そしてまた笠岡、今日はめまぐるしく動く。中山康郎宅を探しあてたのは午後四時だった。旅館を出てから八時間、その間二人は何も口にしていない。

「窪田さん、黎明を卒業しなさってな、一週間ほど前に家へ帰られたんですよ」

　中山の奥さんがいった。弘美の母親と同年輩か。

「お家はどこですか」

「北木島いうてね、笠岡からフェリーで四十五分の島です。学校へ通うのに不便じゃいうてね、島の子はこっちに下宿するんですよ」

「窪田さん、インドへ行きましたね」

「そうよね、二カ月ほども顔見んかったね。近頃の若い子はえろう元気じゃけえ」

　クボタマユミは窪田真由美、もう間違いない。

「あんたら、北木へ行くんなら最終のフェリーはもうすぐで。早う行かんと」

　挨拶もそこそこに、二人は中山家をあとにした。啓子はフェリー埠頭に向かって半ば走るように歩く。

「お啓、待ってよ。私、お腹減って足がもつれる」

「もつれるのは口だけにして。最終のフェリー逃したら、また笠岡に一泊せなあかん」

　啓子は本格的に走り始めた。

フェリーにはぎりぎり間に合った。「金風呂丸」、二百トンくらいの小さな船だった。北木島の金風呂港に着くという。弘美と啓子が乗り込むと同時に、船は岸壁を離れた。

北木島は石の島だ。周囲四キロ、人口五千、そのうち九割までが石材の切り出し、加工に従事している。島の海岸べりには鉄骨スレートの工場が建ち並び、狭い道を大型ダンプが行き交う。山は垂直に切り立ち、白っぽい御影石の地肌を露出していた。

金風呂の農協で訊くと、窪田姓の家は島に一軒だけ。「山持ち」のお大尽だという。窪田家を探しあてたのは午後六時、低い土塀をめぐらせた、前庭の広い豪壮な邸だった。

「意外やな。こんなお金持ちの娘が村山さんのお金を、多分キャッツアイも盗んで逃げたとはね」

啓子は窪田真由美を悪人だと決めつけている。予断が過ぎるような気もするが。

「私、わくわくするわ。はるか天竺まで遠征して突きとめた事実が、今ここで白日のもとにさらされる。これがテレビのサスペンスドラマやったらハイライト場面や。カメラのないのがまこと口惜しい」

「お啓、私、怖い」

「ほな、ここで待っとき」

「嫌。怖いものみたさってのがあるでしょ」

「ややこしい子やな。さ、ここを摑んで、私のあとについといで」

啓子は後ろを向き、お尻を突き出す。そのお尻に、弘美は両手をまわして抱きついた。

「ちょっ、ちょっと、苦しいわ。そんなに思いきりかじりついたら息もできへんやないの」

押し殺した声で啓子はいう。

二人は玄関に続く砂利道を音のしないように歩いた。啓子が呼びリンを押す。格子戸が開いて女が顔を見せた。

「あの、真由美さんにお会いしたいんですけど」

「私です。何か……」

鮮やかなピンクのカーディガンが、かえって地味な感じを与える。軽くウエーブした長い髪、小作りの鼻と唇、眼は両方ともくっきりとした二重、〈眼は一方が二重で他方は一重〉とは程遠い。

「インドのことでお訊ねしたいことがあるんです」

啓子が低い声で切り出すと、やはり、といった顔で真由美は頷き、奥のようすをうかがう。

「ここでは何ですから……」

弘美と啓子を誘って外へ出た。埠頭に向かって歩く。真由美は小柄だ。こうして並んで歩くと、弘美たちより頭半分ほど背が低い。

「あなたたち、村山さんのお友達？」

「そう、美大の同級生。あなたのことはすっかりお見通しよ」

「私のこと、警察から？」

「ええ、まあね……」

啓子は曖昧に答える。

「ニュースで村山さんのことを知ったの、つい五日ほど前のことなんです。警察に届けるべきかどうか、随分悩んだんですけど……でも、私、つきあってる人がいるんです。相手はこの島の人。それで、どうしてもいえなかった。インドで村山さんと旅行していたこと……」

真由美の声が掠れる。今にも泣き出しそうだ。弘美が頭に描いていたイメージとはえらく違う。

「あなた、村山さんに会う前から男と一緒にいたはずなんやけど……」

「私、一人旅でした。カルカッタで村山さんと知り合ったんです」

「おかしいな。原田という男と一緒にいたんやないの」

啓子は真由美の顔を覗き込む。真由美のいうことが本当かどうか、啓子も測りかねているようだ。

「何いうんです。原田は私たちのお金を盗った男ですよ」

「えっ」

「あれはね、ヴァラナシからアグラへ……アグラ、知ってます？」

真由美には弘美たちがつい二、三日前まで村山のインド追跡行をしていたことなど知る由もない。

「かの有名なタージ・マハルのある街でしょ。立ち話も何やし、その辺に坐ろか」

埠頭に着いた。冷蔵庫ほどの切り石がゴロゴロしている。三人はそのうちのひとつに並んで腰かけた。風が冷たい。

「私ら、インドには詳しいのよ。分からへんことはあとでまとめて訊くから、話を続けて」

「私、一月五日に日本を出ました。途中バンコクへ寄って、カルカッタに着いたのが一月八日、『スペンシス』というホテルに泊まったんです」

「スペンシス」なら覚えている。チョーロンギーの北、ダルハウジー・スクウェアにある中級ホテルだ。

「村山さんとは」

「ニューマーケットの向かい側にあるライトハウスって映画館の前で。私、英語が喋れないから、切符を買いたかったんだけど分からなくて」

英語も話せないのに、女一人インドへ行く、大した度胸……いや、無鉄砲というべきだろう。

「そこで村山さんに出会った？」

「そうです。ちゃんとスーツを着ていたので、私、商社員か何かだと思って……一緒に映画を見て、あと、カルカッタを案内してもらう約束をしました」

「それで、すっかり打ち解けて、一月十三日からは『オベロイ・グランド』へ泊まった」

「……ええ」

真由美は蚊の鳴くような声で答えた。

「村山さん、時々、スーツを着てたそうやけど、何をしてたんかな」

「商談だとかいってました。綿布の買い付けだと」

あの村山のいいそうなことだ。どこへ行っても大ぶろしきを広げている。

「村山さん、スケッチしてたでしょ」

「はい。絵が趣味だといってました。新聞で、村山さんが美大の学生だと知ってびっくりしました」

「あなた、その商談の現場見たことある?」

「いえ、その時だけは村山さん一人で出かけましたから」

「なるほどね。それで、原田とかいう男のことは」

「私たちひどいめに遭ったんです……」

　真由美はカルカッタ以降のことをぽつりぽつり話し始めた。

　——村山の商談はカルカッタでけりがついた。あとはのんびり観光旅行をするということにした。とりあえずどこへ行くというあてのない真由美は、村山について行くことにした。カルカッタからヴァラナシ、最高級ホテルに泊まり一流レストランで食事をし、まさに大名旅行だった。村山はかなりの出張費を持っているように思えた。

　ヴァラナシで真由美と村山はヒッピー風の日本人男女——男はケン、女はキーコといった——と知り合った。昼、ガートで話しかけられ、その夜はケンからハシシを教わった。真由美は体質が合わないのか気分が悪いだけだった。村山はグッドトリップだといって満足していた。

　次の目的地タージ・マハルへは四人で行くことになり、ケンが切符を手配した。今思えば、それも罠だったような気がする。

　ヴァラナシからアグラへ向かう一等のコンパートメントで、村山と真由美はケンから水筒に入れた飲み物を勧められた。強壮剤入りのインド独特の健康飲料だという。

少し苦いが、基本的には色も味もオレンジジュースだった。何の疑いもせず、村山と真由美はそれをすっかり飲みほした。飲んで二、三分、猛烈な吐き気がして眼の前がゆらゆらし始めた。ケンとキーコはただ笑っていた。

村山がシートに突っ伏した。その上に真由美はもたれかかる。体がどうしようもなく重い。(あなたたち、何を飲ませたの)いおうとするが、口が動かない。そのうち、ケンとキーコは手分けして真由美と村山のバッグを探り始めた。その動作がひどくゆっくりして見えた。キーコが真由美のジーンズのポケットに手を入れた。お腹にヒルかナメクジが貼り付いたようでひどく気味が悪かったが、手を払いのけることもできなかった。(ああ、お金を奪られる)分かってはいるし、見てもいるが、なすすべもなく横たわっているだけだった。そのうち真由美の意識は途切れた。

気がついた時、列車はカンプール駅に停まっていた。もちろん、ケンとキーコはいなかった。歯を食いしばって起き上がり、村山を揺り動かした。

「あかん、やられた。あれ、ガンジャジャジュースや」

村山の舌がもつれていた。ガンジャ(大麻)ジュースはハシシよりも格段に強烈だとあとで知った。

村山と真由美はまだ弛緩した体にムチうって被害品を調べた。村山は帰りの航空券とパスポート以外のすべてを奪られていた。真由美はポケットの小銭だけ。現金とトラベラーズチェックはリュックの底、生理用品の下に隠してあったのが幸いした。ホテルの支払いも切符代の精算も村山がしたから、金はすべて村山が持っているものと、やつらは考えたのかもしれない。

村山の悄気ようは尋常ではなかった。

「いくら奪られたの」

訊いてもただ曖昧に首を振るだけだった。一万ドル単位の途方もないお金を奪られたのではないかとさえ真由美は思った。そう考えてもおかしくないほどの村山のふさぎ込みようだった。

真由美は次のタンドゥーラ駅でいったんホームに降り、車輌出入口横に貼ってある座席指定表を見た。MR. KENJI HARADA, MRS. HARADA と書いてあるのが泥棒ヒッピー夫婦の名前だった。座席の予約をする時、パスポートを呈示するのが普通だから、おそらく本名だと考えられる。旅慣れぬ同胞の旅行者ばかりをカモにしているのだろうが、ガンジャジュースまで用意して真由美たちを襲ったプロの泥棒としてはおそろしく間の抜けた遁走のしかただった。

そのことに少しは元気づけられたのか、アグラへの車中、村山はヒッピー夫婦の似顔絵を描いた。あまり似ているようには思えなかった。

アグラでは、ダブルで一泊五十ルピーの安宿に泊まった。白亜の美廟タージ・マハルを見ても、村山の落ち込みようは変わらなかった。人が変わったようだった。現地の警察に届け出るよう村山にいったが、彼は力なく手を振るばかりだった。

村山とはデリーで別れた。その際二百ドルを貸した。

その後、真由美はオーランガバード、アジャンタ、エローラをまわり、ボンベイからバンコク行きの飛行機に乗った。帰国したのは三月七日、村山の死を知ったのはその三日後だった——。

真由美の話に嘘はないようだ。弘美たちがインドで得た情報と何の矛盾もなく符合する。

「警察には何で報せへんかったの」

啓子が訊く。

「いっても、奪られたお金は返って来ないから」

「インドやなくて日本の警察。村山さんとのことはキャッツアイ連続殺人の大変な手がかりになるかもしれへんのよ」

「さっきもいったように私……」

「つきあってる人がいるんでしょ。そやのに、どうしてあんなちゃらんぽらんな男についていったの」

啓子はすっかり説教口調になっている。真由美とはそう年も違わないのに。

「村山さん、他の日本人旅行者とは違って見えたんです。スーツ着て、いかにもエリート商社員という感じで……」

「ま、むべなるかな、やね。村山さん、口だけはほんまにうまかった」

「あの、警察はいつ来るんでしょうか。私、どうしたらいいか」

　真由美の声が震える。また泣き出しそうになっている。

「警察は来ません……多分ね。ごめんね、さっき私がいうたことは嘘なんや。私らが真由美さんのことを知ったんは別のルートから。そやし、私らさえ何もいわんかったら、あなたのことはしばらく分からへんはず。それに、キャッツアイ連続殺人とインドでの村山さんの行状、直接には関係ないもん。あなたがわざわざ話しに行く必要、さらさらありません」

「私たち、あなたのこと誰にも喋らないから安心して」

　弘美は真由美の肩を叩いていった。真由美は悪いことをしたわけではない。ただ村山と一緒にいただけだ。悪いのは、それを暴きたてた弘美たちかもしれない。

「ただし、ひとつだけお願いがあるの」

　啓子は真由美の顔をじっと見て、

「もし、警察が真由美さんのとこへ来たら、似顔絵の件だけはいわんとってほしいの。私ら、村山さんの仇を討つことにしてるんです」

あれだけぼろくそにいっておいて、村山の仇討ちとは恐れ入る。そもそもは、村山からハシシを受け取ったことを隠すための極めて不純な動機なのである。

「それにしても村山さん、相当たくさんのお金持ってたみたいやね。問題はそのお金がどこから出ていたか。キャッツアイを買うための資金及び旅費、誰が出したんやろ。……あの人、よっぽどいいスポンサーを摑んでたんかな」

啓子は首を傾げる。

「原田夫婦、捕まえるつもりですか」

真由美が訊いた。

「それなんですよ、難問は。どうやってその所在を確かめるか。日本に帰ったんか、それともまだインドにいるんか、それも分からへん。警察に頼むわけにもいかへんし……」

「お啓、いい知恵出しなさい」

「いくら天才のこの私でもこればっかりはね。情報は持ってても捜査権なし、お金もなし。……やっぱり、帰ろか、京都へ」

「だって、京都には……」

「虎穴に入らずんば虎子を得ず。京都には京都の風が吹く」

いって、啓子はウインドブレーカーのジッパーを引き上げた。

12

浪速署、捜査本部に着いた途端、船木は工藤に呼ばれた。

「今日は安っさんとミナミへ行ってくれ。心斎橋に『シオノ』いう宝石店がある。そこで訊込みや」

「どんな」

「二月の初め、キャッツアイを売りに来た男がおったらしい。さっき府警本部に情報提供があった」

「二月の初めいうたら、もう四十日も前の話ですがな。何でまた」

「応対に出た店長が、そのあとすぐアメリカへ行きよったんや。宝石デザインの研修やとかいうとった。帰って来たんが二日前、それで事件を知ったということや」

「なるほど。しかし豪勢な話ですな、ひと月以上も外遊やて」

そこへ安井が来た。不機嫌そうな顔をしている。朝はいつもこうだ。四十も半ばを過ぎると疲れが抜け切らないらしい。

「先輩、コート脱がんでもよろしいで」

いって、船木は安井と一緒に外へ出た。地下鉄恵美須町駅は眼と鼻の先だ。

「いったいどこへ行くんや」

「心斎橋。宝石店で訊込みです」

「ほうか。気分転換にはええかもしれん。西成のドヤ街まわり、何の進展もないし、正直いうてもう飽きた」

長堀橋で降り、西へ歩く。

「フナ、まだ九時やで。宝石店開いてへんやろ」

「コーヒーでも飲みたいんでしょ」

「そうや。このごろ物わかりが良うなって来たやないか」

安井はまた一時間近くも油を売る気だ。

「シオノ宝石店」に着いたのはきっかり十時、シャッターを上げたばかりだった。

店長は安井と船木を誘って隣の喫茶店に入った。

「竹田です」

年は四十前後、眼が細く鼻の長い、どこかキツネを思わせる顔だ。

「府警捜査一課、安井です」

「船木です。……キャッツアイを売りに来た男がいたとか。いつのことです」

「あれはアメリカへ発つ前の日でしたから……二月九日です。閉店前の八時半頃、ふらっと入って来ました」

「どんな男でした」

もっぱら船木が訊き役だ。安井はたばこをふかしながら店内を見まわしている。

「年は二十三、四。ジーンズによれよれの上着。モスグリーンの、サハラ……」

「サファリジャケット」

安井が口をはさんだ。ちゃんと聞いてはいるらしい。

「そう、サファリジャケットを着てました」

「背は」

「さあ、……私と同じくらいやなかったですかね」

「竹田さんの身長は」

「百六十八です」

「なるほど、身長は百六十八センチ前後、と」

船木はメモ帳に聴取事項を書き込む。

「それでその男、どういいました」

「ポケットからいきなりキャッツアイの裸石を出してね」

これ、売りたいんだ——男はぶっきらぼうに切り出した。竹田は事務室へ男を招き入れた。

ルーペで鑑定をする。透明度の高い、蜂蜜(はちみつ)色の、最高級の石だった。

「いい石ですね」「いくらで引き取ってくれる」「十万円」「ばかいっちゃいけないよ。最高級のキャッツアイなんだろ」「鑑定書は」「ないよ」「失礼ですが、この石は……」「うるせえな。もういいや」男はキャッツアイをひったくって出て行った。

竹田はこのやりとりを他の店員に話さなかった。直感的に犯罪の臭いを嗅ぎとったからだ。他の店員に迷惑がかかってはいけない、そう思った——。

「と、いうわけで、通報が遅れました」

話し終え、竹田はミルクティーを口にした。

「そのキャッツアイ、ほんまに十万くらいの石やったんですか」

「いえ、捨て値でも二百万は堅いでしょう」

「それやったら何で十万と」

「最初から買う気はなかったんです。あんな盗品まがいの石を買うわけにはいきません。特に、枠のない裸の石は危ない。贓品手配は枠の仕様を詳しく書きます。ですから、裸の石は十中八九、盗品とみて差し支えないんです。しかしながら、宝石屋の習性とでもいうんですか……石を見たらどうしても鑑定してみたくなるんです」

竹田は苦笑する。

「その男、この中にいてますか」

船木は内ポケットから写真の束を取り出した。京都の被害者、村山光行と、その友人、阿部昭治、永瀬修三の顔写真だ。半月ほど前、京都府警から送って来た。

竹田は写真を手にとり、ためつすがめつしていたが、

「いませんね」

首を振る。予想どおりだ。

「頬骨の張った四角い顔でした。眼は細かったように思います」

「ほな、これはどうです」

今度は四つ折りにした紙を差し出す。余呉湖の被害者を復元したポスターだ。

「顔の輪郭はよく似ているようです。髪はもっと長かったように思います。けど、確かなことはようい いません。何しろひと月以上前のことなので」

はかばかしい反応が得られない。石膏に着色してカツラをかぶせた復元像ではどうしても「人形」「マネキン」の域を脱しきれない。

「さっき石の鑑定をしたとかいうてはったけど、重さは量らんかったんですか」

「量りました。精密な秤で正確に。……よう覚えてます、二・〇二カラットでした」

「何やて」

安井がしわがれ声で喚いた。

「それ、ほんまですな、間違いおませんな」

嚙みつくように訊く。竹田は怯えたように体を引き、何度も頷いた。

余呉の死体から発見されたキャッツアイは二・〇二カラット、偶然の一致とは思えない。

「えらいこっちゃ。フナ、早う帰ろ。班長に報告して新たな作戦練らんといかん。広域重要二一五号事件、わしらの報告で新しい局面を迎えるかもしれんぞ」

安井は席を立ち、

「竹田さん、また来まっさ。今度はモンタージュ写真の作成に協力してもらいまっせ」

言い置いてすたすたと店を出た。

船木は千円札をテーブルに置き、あとを追った。

電話が鳴った。受話器をとる。大阪府警捜査一課の工藤警部からだった。

「根尾です。何か」

「さっき、うちの捜査員がミナミの宝石店でおもしろい情報を摑んで来ましてね」

太いだみ声だ。合同捜査会議で見た工藤のいかつい風貌が眼に浮かぶ。

「キャッツアイを売りに来た男がおったんですわ。二月九日、おたくの被害者が発見される六日前です」

「ほう、それで」

「最高級のキャッツアイで重さは二・〇二カラット、どないです」

「うちのとぴったり一致しますな」

「まず同じ石やと考えて間違いおませんやろ。それでね、持ち込んだ男のモンタージュ作ろと思てますねん。おたくからも一人、二人寄越してもらえませんかな、被害者の詳しいデータ持たせて。年格好も一緒やし、ひょっとしたら余呉の被害者とその男、同一人物かもしれんのです。それと、石もお借りできませんやろか。念のため宝石屋の店長に見せてみたいんですわ」

　思わぬところから駒が出た、根尾は組んでいた脚を元に戻し、椅子に深く坐り直す。

「了解。至急二人ほど遣ります」

「何時頃来てもらえますかな」

「六時までには必ず」

　受話器を置いた。川村と熊谷が緊張した面持ちでこちらを見ている。

「熊谷君、田中君を連れて大阪へ行ってくれ。実は、ミナミの宝石店で――」

　熊谷はコートをひっ摑んで飛び出して行った。

「おもしろなって来ましたね」

　川村がいう。

「これで被害者の身元が割れるようなら、大阪府警に感謝状を出さなきゃいかん」

冗談も出る。

「で、どうだ、進み具合は」

「まだ十一人ですけど……読みはります？」

川村は京都市太秦の宝石ブローカー、木島隆の取引相手をリストアップしている。

根尾は川村の差し出すリストを手にとった。

〈佐藤清、四十一歳、宝石ブローカー、住所――〉流し読む。

〈深沢孝平、四十二歳、画廊経営者、住所、京都市上京区烏丸今出川〉、画廊経営者というのが眼をひいた。深沢孝平という名もどこかで見たような気がする。

「深沢、深沢、深沢孝平……」

呟きながら、ファイリングケースから大きな事務用封筒を取り出した。京都府警から送られて来た最新の捜査記録だ。ページを繰るのももどかしい。

あった。深沢孝平、「深山画廊」。二月十一日、午前十一時三十分、村山光行は「深山画廊」を訪れている。深沢と村山は昼食をともにし、三月五日から開催予定のインド水彩画展に関する打ち合わせをしたという。その深沢が宝石ブローカー木島隆の取引相手……。

「川村君、リストはあとでいいから、今日中に木島隆に関するデータをまとめてくれ。それを持って、明日、京都へ行く」

根尾は京都府警の笹野警部に会い、木島隆、深沢孝平両者の関係を徹底的に調べようと思った。

——京都府立美大、本館宿直室。

「まだ宵の口やで。こんなとこに集まっててええんかいな」

阿部が不安げに室内を見まわす。

「私らが帰って来たこと、誰にもいうてないんでしょ」

「そら、そうやけど、あんまり大胆すぎるがな」

「犯罪者でもあるまいし、びくびくすることあらへんわ」

「けど、ぼく、あの五十嵐とかいうおっさんに約束したんやで、お啓と弘美が帰って来たら必ず連絡する、いうて」

「何いうてんの」

啓子は阿部を睨む。

「ぼんはいつから国家権力の走狗になったん」

「ソーク……何や、それ」

「とにかく、警察につまらん忠義立てするのはやめて」

「うん……」

阿部は膝(ひざ)の上に置いた手に視線を落とした。

「それよりお二人さん、私に報告することがあるでしょ。原田ケンジの調査、どうなった」

「あれはあかん」

永瀬が答えた。

「あちこち訊(き)いてまわったけど、村山さんの友達にそんな名前のやつおらんかった。もっとも、おれら警察やないから、そんな詳しいに調べたわけでもないけど」

「入国管理局は」

「無理や。おれ、電話してみたけど、返事はケンもホロロ。相手にしてくれへん」

「やっぱりね。人権問題いうのがあるんでしょ」

啓子は当然といった調子で応じる。残念そうな表情などない。

「ほいで、お啓はどないするつもりや、これから先。おれら四人、かなり微妙な立場に追い込まれてるみたいやで。この間も刑事が来て、お啓と弘美はインドで何をしてる、村山さんのスケッチブックはどこにある、としつこうに訊きよった。おれら、悪いことなんかちょっともしてへんのに、妙に警察の眼を気にせないかん。……情けないわ」

永瀬は太い腕を組んでいう。昼間、ラグビーの練習をしていたのだろう、土が茶色に染みついた縞のジャージーをまだ着ている。永瀬がそばにいると臭い。インドの下町を思い出す。

「ごめん。私らがインドへ行ったんがまずかったみたいやね」

「ほんまやで。ぼくら、えらい迷惑してる」

と、阿部。

「ハシシ欲しさに三万円も投資したん、誰ですかね」

啓子が切り返すと、阿部は首をすくめ、また俯いた。

「要するに……」

啓子は立ち上がった。両手を後ろにまわして、テーブルのまわりを歩きながら、

「原田夫婦を捕まえたらいいのです。この夫婦、村山さんの死に関係がある。絶対にある。そやし、この二人を問い詰めたら、事件の真相が摑める。で、私らは晴れて自由の身となる」

「しかし、どないして原田夫婦を探し出すんや」

「それは私に良い考えがあります」

啓子は立ち止まった。エヘンとひとつ空咳をしてから、

「村山光行遺作展を開くのよ。それで、原田夫婦をおびき寄せるの」

「そんな都合よう来よるかな。そいつら泥棒なんやろ」

「いや、可能性は充分にあると思う。原田夫婦にしたら、自分らがキャッツアイを奪った相手の展覧会、関心のないはずないでしょ。キャッツアイ連続殺人の被害者の遺作展やもん、マスコミも大々的に取り上げるはずや。それに、もう一つ。遺作展に副タイトルを添えるの。『原田夫妻に捧ぐ』……どう？」

「ええな、グッドアイデアや。村山さんに諸々の資金を提供した陰のスポンサーも現れよるかしれへん」

しばらくおとなしかった阿部がいった。

「ご声援、おおきにありがとう」

啓子はひょいと手を上げ、話を続ける。

「それで、さっそくお二人にご協力を願いたいんやけど、明日、『深山画廊』へ行ってね、会場の予約をしてほしいの。期日は一日でも早く。できたら来週から」

「そら無茶や。何ぼ小さい画廊でも予定というもんがある」

永瀬が口を尖らせる。

「そこを何とかするのが男やんか。……押しよ、押しの一手。だてにラグビーやってるわけやないでしょ」

「会場の予約とラグビーがどう関係ある」

「また屁理屈をいう。スポーツマンシップはどこへ行ったん」

「何とでもいえ」

「では、申します。……額を都合してほしいの。十五枚もあったらいいかな。スケッチブックから切り離したままを飾るわけにもいかんし」

「ちょっと待ちいな。新たに絵を描くんと違うんかいな。村山さんのスケッチブック、五十嵐とかいう刑事に渡さんと、おれらえらいめに遭うやないか」

「私らが日本にいること隠してるんでしょ。ほな、同じことやんか。叱られる時はまとめて叱られた方がさっぱりしていいやないの」

「額代はどないするんや、タダではくれへんで」

「そこを何とかするのがラガーマンの誇りでしょ。お願い。頼りにしてるんやから」

「あかん。お啓には負ける」

永瀬は椅子にもたれ込んだ。笑いながら、

「インド行きに五万円も出させといて、帰って来た途端、画廊と交渉せい。その上、額まで用意せえ……ほんまにかなわん」

「その代わり、ガンガーの水をあげたやんか。あれ、聖水よ。下痢でも風邪でも一口飲んだら治るんやから」

弘美と啓子はインド土産にガンジス河下流、フーグリ河の水を小ビンに入れて持ち帰っていた。

「ああ、有難や、有難や。護身用に水鉄砲にでも入れとくわ」

ヴァンパイアでも見るような眼を、永瀬は啓子と弘美に向けた。

五十嵐はパイプたばこのけむりが嫌でならない。正露丸を燃やしたような臭いがする。だからといって相手は滋賀県警の警部、露骨に顔をしかめてみせるわけにもいかない。

「と、いうわけなんです。深沢から事情聴取をされたご当人としてはどうお考えになりますか」

根尾がいった。

「おもしろい話です。わしら、さっきいうたように『セロニアス』の桑原の方が怪しいとみて、アリバイ洗とるんですわ。結果はまだ出てまへん。張りもつけとるんやけど、桑原のやつ、それらしい動きはしよらん。正直いうてちょっと焦ってたとこでした。それにしても、あの深沢が宝石業界の黒幕と関係があったとはね……いや、よう調べはりました。わざわざ京都の宝石商まで……敬服します」

五十嵐は頭を下げて見せたが、心の中では舌打ちしていた。はなはだおもしろくない。京都はあくまでも京都府警の管轄だ。勝手な越境捜査をしてもらっては困る。

「で、今後の捜査方法なんですが、木島と深沢、その身辺をどう洗っていくかですな。

アリバイ、金銭、交友関係、具体的な分担を決めて捜査しなければならない」

来た、来た。木島というエサをたらして深沢の情報をちゃっかり召し上げようという肚だ。

「それは、わしみたいな下っ端では決められません。班長に相談してもらわんと」

適当に逃げをうつ。

「笹野警部、もうすぐお帰りですか」

「帰って来たらこの部屋に顔を出すよういうてあります」

笹野は朝から上京区の府警本部に出かけている。週二回、捜査の進捗状況を偉いさんに報告するためだ。それで、五十嵐は正露丸のお相手をしている。

「『セロニアス』の桑原とかいうマスター、東南アジアの方へ何度も行っているそうですが、単なる観光旅行じゃなさそうですね」

「それが、わしらにもよう分かりませんねや。密輸らしいとは目星をつけとるんですけど」

桑原の周辺を探るにつれ、マリファナを動かしているのではないかとの疑惑が深まって来た。店に出入りしている常連客の中には以前大麻取締法違反で検挙された者が数名いる。宝石密輸の線は、消えてはいないが薄くなった。それに、桑原はここ数日の身辺捜査に危険を感じたのか、張りをつけて以来、店と、近くの家を生まじめに往復するばかりで、新たな手がかりをこちらに与えない。

「府立美大を出たあとの村山の行動ですが、翌日、『東波荘』に現れるまでが空白になってますね。その後何か摑めましたか」

「あきまへん。その捜査、わしの担当なんやけど、さっぱりあかんのですわ」

「お互いしんどい捜査をしてますな」

根尾はパイプの灰を落とし、ポケットからパウチを取り出して新しい葉を詰めながら、

「村山もヨゴも死人に口なし。なぜ殺されたのか、なぜキャッツアイなど呑んでいたのか。幽霊にでもなって出て来てくれればね。大歓迎だ」

「それやったら、わしらの商売あがったりですがな」

「ごもっとも」

根尾は頭を撫でて笑う。キザッたらしくパイプなど吸っているが、案外、人の好さそうなところもある。

「パイプ、うまいですか」

嫌味半分で訊いてみた。

「慣れれば、紙巻きよりずっとうまいですよ」

「葉巻なんかは吸わんのですか」

「吸いたいんですけどね、葉巻は高いから」

そこへ、笹野が現れた。

「すんません、えらい遅うなりました。……場所、替えましょか」

根尾を誘って刑事部屋を出て行った。署長室か副署長室を借用するのだろう。

一時間後、笹野が戻って来た。根尾はいない。滋賀へ帰ったようだ。

「ガラさん、明日(あした)から深沢を洗(あろ)うてくれ。どんな小さいことでもええ、徹底的に調べるんや」

「木島の方は」

「あのマドロスさんに任せた。これも行きがかりや」

「そやけど、木島は京都の人間でっせ」

大いに不満だ。

「うむ……仕方ない」

笹野も複雑な表情を作った。

13

――そして三日。

「何やて、河野と羽田が帰国してるて」

つい大きな声が出た。

「朝っぱらからそんな嚙みつくようにいわんでもよろしいがな。わしかて所轄の私服からさっき聞いたばっかりです」

白石がいう。

「くそっ、勘弁ならん。締め上げたる。で、あいつら、今どこにおるんや」

「驚くなかれ、『深山画廊』。村山光行の遺作展を開くとかいうて、作品の搬入しとるそうです」

「『深山画廊』?!　どういうことや、あいつらまで深沢と陰でつながっとるんか」

「わしに訊きはっても、それは……」

「行こ。今すぐ行こ。どないするかは途中で考えよ」

五十嵐は椅子を蹴って立ち上がった。


ライトバンのリアウインドーを撥ね上げ、展示室へ十五枚の額を運び入れた。午前中に掛け替えを終え、午後からは開場しなければならない。

「それ、もっと右、少し上……そんなもんやね」

啓子が永瀬と阿部に指図して絵の配置を決める。弘美はライティング係。脚立の上に立ち、スポットライトの位置を調整する。画廊の主、深沢は印刷所へ案内状をとりに行っている。彼が戻ったら全員で手分けして宛名書きをする予定。手順は逆だが、何しろつい三日前に遺作展の開催を決めたばかりだから、これも致し方ない。

一時間ほどで何とか格好をつけた。展示室のソファに坐って一息つく。

「会場の確保、思いのほかスムーズに行ったね。深沢さん、次回の予約をキャンセルしてまで協力してくれたんやて？」

啓子がいう。

「そう、えらい乗り気やった。死んだ村山君への香華代わりやとかいうて……けど、本心はこの画廊の宣伝になるからやろと、おれは思てる。現に、今日の朝刊にも大きく載ってたやないか。……〈村山光行遺作展。原田夫妻に捧ぐ〉……文化欄やのうて、社会面というのがご愛敬やけどな」

永瀬が答える。

「理由はどうあれ、遺作展、実現したんやからそれでいいやない」

「まあな。村山さんも満足やろ」

「私らの友情の証しよ」

「あほくさ、ようそんなしらじらしいこといえるな。所詮は気まぐれの探偵ごっこやないか」

「何とでもいうて。ところで弘美、新幹線は何時やったかな」

「十時五十二分」

「ほな、もう行かんと」

啓子の発案で、「美大探偵団」に助手を一人加えることにした。窪田真由美。画廊の事務室に待機してもらい、遺作展に来た客の中から原田夫婦を見つける役だ。スケッチブックの似顔絵だけでは少々心もとないと考えたからだ。

真由美にこの件を依頼すると快く承諾してくれた。旅費や滞在費も自分持ちでいいという。啓子と弘美は京都駅まで真由美を迎えに行くと約束した。

画廊を出て十数歩、

「おっと。こらあかん」

啓子に腕をとられ、弘美はすぐそばの細い路地に引きずり込まれた。

「どうしたのよ、お啓」

「五十嵐いうのと、も一人刑事が二人連れでこっち向かって歩いて来る。見つかったらやばい」

「手錠はめられるの」

「まさか。……しかし、ま、褒められるてなことは間違(まちご)うてもないやろね」

二人は〈ごもくばこ〉とペイントで書かれた今時珍しい木のゴミ箱を楯(たて)に、五十嵐のようすをうかがう。

　五十嵐ともう一人の刑事は、弘美たちのいる路地を通りすぎ、画廊の前にさしかかった。ドアを押すかと思ったら、一瞥をくれただけでそのまま歩いて行き、二十メートルほど先の小さな喫茶店に入った。

「変ね。中に永瀬君とぼんがいるのを見たはずなのに、なぜ入らなかったんだろう」

「ははあ、なるほどね」

　啓子は大きく頷き、

「私らを泳がせておくつもりなんや。ほんまに遺作展なんて始めたもんやから、こら何かあると読んだんや。上等やね、盛大に泳いであげようではありませんか」

　最後はおどけるようにいった。

　正午少し前、真由美を連れて、弘美と啓子は京都駅から「深山画廊」に戻った。会場の準備はすっかり整っていた。

　阿部を展示室の受付に坐らせ、残りの四人は奥の事務室に入った。啓子、弘美、永瀬、真由美、それに深沢、四畳半ほどの室内に二つの事務机と流し台があるから、かなり窮屈だ。原田夫婦らしき人物が現れたら、阿部が大きなクシャミで合図をする手筈になっている。

「こんな狭いところやのうて展示室にいてはったらどうです。ソファもあるのに」

深沢がいう。多人数が迷惑なのだろう。

「宛名書きをせんとあかんでしょ。大勢でかかった方がはかどります」

啓子がうまくいなす。

「そら、そうですけどな」

憮然とした面持ちで、深沢は大学ノートを取り出す。美術関係者の住所録だ。

「深沢さんのご親切には感謝しています。遺作展、こんなに早く開けるとは思いもよりませんでした」

啓子は深沢の機嫌をとるようにいう。

「もともと、うちで開く予定やったんです。そんな風にいわれると気恥ずかしいですな」

唇の端で深沢は笑う。

「それはそうと、〈原田夫妻に捧ぐ〉、いうの何です。村山君とどんな関係があるんですか」

「村山さん、インドでお金を盗られたんです。一文なしになったのを助けてくれたんが原田さんご夫婦らしくて……」

「そういえば、村山君、現金だけやなく、免許証と学生証まで盗まれたとかいうてましたな。かわいそうに」

「あの人、ぼんやりさんなんです」

しんみりといって啓子は俯いた。村山の死を悲しむ善良なクラスメートになりきっている。

「そろそろ始めますか、宛名書き」

深沢は案内状の束を机の上に置いた。

全員でサインペンを走らせる。啓子は腰が落ち着かない。時々ドアを開けて展示室を覗く。

「どないしました、気になることあるんですか」

深沢が訊いた。

「いえ、別に……」

「誰か待ってはるんやったら、受付の方が便利ですよ」

「いいんです。私、ここにいます」

「そうですか……ま、ご自由に」

深沢は事務室を出て、受付の阿部の横に坐った。

啓子は深沢がいなくなったので、ポケットカメラ片手にドアの隙間から展示室の監視をする。阿部と深沢は弘美たちに背を向けている。

「五十嵐刑事、いっこうに来えへんね。まだあの喫茶店にいるんかな」

啓子の言に驚いたのは真由美、サインペンを放り出して、

「刑事さんが来るんですか」

「大丈夫よ。お目当は私ら。真由美さんのことは知りません」

真由美の肩に手をやり、啓子はなだめる。

その時、展示室でハクションと大きなクシャミ。事務室の全員がドアにかじりつく。客はいない。阿部が洟（はな）をかんでいた。

「ぼん、ちょっと」

啓子がドアを開けて手招きする。

「今のクシャミ、何よ」

事務室に来た阿部をみんなで取り囲む。

「その、朝から風邪気味で」

「鼻に栓しとき、栓を。ついでに、口にも猿轡（さるぐつわ）しとき」

「息できへんがな」

「そんなもん、せんでよろしい」

「無茶いいないな」

「無茶が通ればクシャミが引っ込む」

「そらクシャミやのうて道理やろ」

「またそういう次元の低い言い訳をする。だいたいぼんはね……」

阿部は啓子から五分ほどもお叱言をたまわっていた——。

二度目のクシャミが聞こえたのは三百枚の宛名書きを終え、真由美の淹れた紅茶にミルクを落とした時だった。ドアを細目に開ける。阿部がこちらを見て、眼くばせをした。深沢は席を外している。

客は一人、若い女だった。黒いだぶだぶのジャケットに同じく黒のロングスカート。手を後ろに組み、絵を眺めている。「一方が二重で、他方は一重」の眼を横顔だけでは判定できない。

弘美と啓子は真由美を後ろに隠し、さりげなく事務室を出た。

女が振り向いた。「ミセス・ハラダ」の眼だった。

「どう」

啓子はそれとなく真由美に訊く。真由美は緊張した面持ちで首を大きくタテに振った。

女は真由美の存在に気づかない。視線を絵に戻した。

「ミセス原田」

後ろから啓子が呼びかけた。女は一瞬ピクンとしたが、素知らぬ顔。

「村山光行のキャッツアイを盗んだ原田さん」

もう一度いう。女は返事をしない。足早に出口へ向かうが、そこには阿部が立っている。永瀬も事務室から出て来て、女を探偵団五人で取り囲んだ。

「ぼん、車とってきて」

阿部は出て行った。作品搬入に使ったライトバンがすぐ近くの駐車場にある。

弘美には啓子の考えが分かる。女を車の中で詰問するつもりだ。画廊には客も来るし、いつ五十嵐が現れるともしれない。深沢の眼もある。

啓子は女をソファに坐(すわ)らせた。

女は抵抗しない。踝(くるぶし)まである長いスカートを割って脚を組んだ。黒のバスケットシューズを先の方だけ紐(ひも)を締めて履いている。村山が書き残したとおり、一見かわいくて小柄だから、弘美が予想していたより随分若く見える。どこか疲れたような表情と前髪のブリーチを除けば、まだ高校生といってもおかしくない。

「あなた、この人に見覚えあるね」

啓子は手で真由美を示す。

女はあっさりと頷(うなず)いた。悪びれた風はない。テーブルの上のたばこ入れから、セピアのマニキュアをした指でマイルドセブンを抜き取り、ライターで火を点(つ)けた。啓子の顔に向けてけむりを吐き、

「あんたら、村山の何や。何でうちをこんなめに遭わすんや」

初めて口を開いた。少し掠れた声だ。

「自分の胸に訊いてみなさいよ。あなたがキャッツアイを盗ったせいで、村山さん、死んでしもたやないの」

啓子はカマをかける。

「ふん、しゃらくさい。それはこっちの言い分や。あいつがキャッツアイなんか持ってたから、ケンは……」

女はそこまでいってあとを呑み込んだ。ケンというのは原田ケンジのことだろう。

「ケンがどうしたっていうのよ。はっきりいうてみなさい」

啓子が身を乗り出した時、阿部が戻って来た。ライトバンが画廊の真ん前に停められている。

永瀬を画廊に残し、五人が車に乗り込んだ。女を挟んでリアシートに啓子と弘美、助手席に真由美、ドライバーは阿部。

車は走り出した。上立売通りを抜け、烏丸通りを南へ向かう。尾行車はないようだ。

「まず、名前から聞こうか。教えて」

「しのぶ」

女はすんなり答えた。偽名だろう。

「いい名前やね。本名？」

「…………」

「京都にいるときゃ、シノブと呼ばれたの……歌の文句や。……ケンて、あんたのだんなさんでしょ」

「あほらし。勝手なこといわんとって」

「嘘ついたらあかん。ネタは割れてるんやから。あなたの名前は原田某。原田ケンジの妻よ」

「おもしろいこというやんか。誰に聞いた」

「わざわざインドまで行って調べたの。元手がかかってるんやから」

「キャッツアイ欲しさにそないなことしたんか。えらい欲の深さやな」

存外、口の軽い女だ。とぼけているのかもしれないが、啓子の訊くことにはあけすけな関西弁でストレートに反応する。警戒心はないようだ。

「何なら、あのキャッツアイ返してやってもいいで。まだ十四個あるし、一個百万で手打とか」

「二十個も奪(と)っておいて、あとの六つはどうしたのよ」

啓子は適当な数をいう。

「何いうねん。もともと十七個しかなかったやんか」

これで村山が十七個のキャッツアイを持っていたことが分かった。

「なるほどね……残るは三つ、死体がお食べになった。何であんなもん食べたんかな」

「美味そうに見えたんやろ。あれ、キャンディーみたいやもん」

さもおかしそうに、しのぶは笑った。ルージュもマニキュアと同じセピア色だ。

「それはそうと、あんたらいったい何者や。キャッツアイが狙いか」

「私ら、いくつに見える？　キャッツアイで飾り立てなあかんほど年は食ってないつもりやけどね」

「ほな、何で」

「私ら、村山さんのクラスメートなんや。で、彼の死の真相を摑もうというわけ」

「大学生いうのはそないに暇なんか。つまらんことして。……うち、喋らへんで」

「いいわよ、ご自由に。それで、あなた、キャッツアイを警察に取り上げられる破目になるんやから」

車は烏丸五条を左に折れた。五条通を東へ向かう。阿部がヘッドライトを点けた。

「警察、うちのこと知ってるんか」

しのぶが小さくいった。啓子のいったことが気になったのか、反応をうかがうような口ぶりだ。

「今は知らへん。……けど、知るかもしれん。それは私らの考え次第」

「脅しやろ」

「どうとってもらおうと結構。私は事実を述べただけ」

「ふん……」

しのぶはそれっきり黙り込んだ。啓子も喋らない。

東山五条、西大谷本廟に車は突きあたった。右に曲がる。智積院の手前を左に折れ、急勾配の坂を上る。

弘美には阿部の目的とする場所が分かった。京都府立美大の旧校舎だ。府立美大は十年前、西京区沓掛に移転した。もちろん弘美は旧校舎を知らないが、この坂を上りきったところ、智積院の墓地の中に彫刻棟があったことを先輩たちから聞いている。

車は彫刻棟の中庭まで入って停まった。今は朽ちるにまかされた木造の平屋が三棟、まわりを囲んでいる。その外側は墓地。街灯もなく、音もない。

ヘッドライトが消えた。まっ暗。

「何や、あんたら。うちをこんなとこへ誘い込んで……まさか」

しのぶは腰を浮かす。弘美はしのぶの腕を強く握った。

「じっとしてなさい。別に危害を加えようというんやない。話しやすい場所を選んだだけ。さ、じっくり聞こか、夜は長いんやから」

「話すことなんかあらへん」

「私ら、ただの学生よ。警察がこんな優しい訊き方してくれるかな。残りのキャッツアイ、押収せえへんかな」

「取引する気？」

「人聞きの悪いこといわんといてよ。あなた、今、取引なんかできる立場にあると思う？　このまま警察に行ってもいいんやで。その方が手間が省けるんやから」

「ちっ」しのぶは舌打ちする。

「あなたとケンのこと、私ら以外は誰も知らへんのよ。もちろん、警察も知らへん。ここにいる真由美さんの存在も、私らがインドへ行ったからこそ分かったことなんや。……約束するわ、誰にもいわへんて。私ら、ほんまに村山さんの死の真相を知りたいだけなんや」

「もひとつ信用できんな」

「ぼん、エンジンかけてよ。近くに交番あったかな」

「分かった。いうたらええんやろ、いうたら」

しのぶはやっと折れた。

――村山から奪った札入れを調べて、しのぶとケンは小躍りした。現金が二千五百ルピーと、二百ドル。トラベラーズチェックが千七百ドル。予想はしていたものの思いもかけぬ大金だった。さらに驚いたのは、村山が首に吊っていた革の小袋を開けた時。えんどう豆大のキャッツアイが十七個もころがり出た。

しのぶとケンはそれら戦利品を手にボンベイへ行った。ブラックマーケットでトラベラーズチェックを値踏みさせると、五十ドルだという。サインをしないと現金化できないトラベラーズチェックは紙くず同然だった。ケンはそれを焼いた。たったの五十ドルで足がついてはひきあわない。

何軒かの宝石店へ寄った。同じような大きさのキャッツアイは五万ルピーで売っていた。村山のキャッツアイを取り出し、いくらで買う、と持ちかけた。五千ルピー。ばかばかしくて売るのをやめた。日本へ持ち帰って売ればいい、ケンはいった。

ボンベイでは遊んで暮らした。贅沢三昧、いい気なものだった。二週間で金が尽きた。三カ月の査証も切れた。

二月五日、ボンベイを発った。

バンコク、香港を経由して、二月七日、大阪国際空港に着いた。二人は豊中のビジネスホテルに泊まった。

翌日、しのぶは奈良の家へ帰った。小さなクリーニング屋をしている。父親が配達に出たのを見とどけて店に入った。抽出から札を抜いているところを母親に見つかった。「何をしてるの、あんたは。半年ぶりに顔見せたと思たらまたそんな泥棒猫みたいな真似して。お母ちゃんはあんたを盗っ人に育てた覚えはあらへんで」肩を摑んだ手を引きはがして店を走り出た。ポケットにねじ込んだ札を数えると、三万八千円あった。缶ビールを五本買い、ホテルに戻った。

二月九日、ケンはキャッツアイを一つ持って市内へ出かけた。日本での市場価格を調べ、値が折りあえば売るつもりだった。

夜、ケンは帰って来た。ミナミの宝石店を一軒、釜ヶ崎の質屋を二軒まわったという。裸石で鑑定書もないから売れない、たとえ売れたとしてもせいぜい十万にしかならない、とケンは吐き捨てた。そこで二人は頭をひねった。その結果、村山光行にキャッツアイを引き取らせようと話がまとまった。随分無茶な提案だが成算はあった。村山が学生の分際で（札入れと同時に奪った彼の定期入れには免許証と学生証が入っていた）札ビラを切り、十七個ものキャッツアイを持っていた……これは宝石の運び屋に違いない。だったら、スポンサーがいる。スポンサーはキャッツアイを必要としている。石をさばくルートも持っている。簡単な論理の帰結だった。

二月十日、しのぶとケンは学生証にあった村山の住所を確かめるため、京都、桂へ行った。村山は下宿住まいだった。その日、村山と接触することは避けた。周囲の眼もあるし、相手の土俵で交渉するのは何かと不利だ。勝負は一回きり、村山に考える時間を与えない、それが唯一の作戦だった。

二人はいったん豊中へ戻り、ホテルを引き払った。再び国鉄で京都へ出て、駅裏の旅館へ入った。近くでレンタカーを借りた。白のスターレット、クラッチが滑り気味だった。

二月十一日、朝、二人は車で桂へ行った。村山の下宿を見渡せる通りの角に車を停め、待った。

午前十時三十分、村山が出て来た。阪急桂駅へ向かう。ケンは車を降りた。村山を尾(つ)ける。

しのぶは旅館へ帰った。運転はできる。高校卒業後、一年ほど家業を手伝っていた。

午後七時、旅館に電話がかかった。今すぐ車で西京区沓掛まで来い、京都府立美大の正門前だ、ケンがいった。

七時三十分、正門前に着いた。ケンは震えながら待っていた。

「こんな時間までどないしてたん」

しのぶは訊いた。

「あいつ、京都市内を一日中放(ほ)っつき歩いてたのさ。おかげでこっちまでくたくただ。……腹減った。あそこで餃子(ぎょうざ)買って来なよ。ビールも欲しいな」

ケンは国道九号線沿いの中華料理屋を指さした。

八時、村山が正門から出て来た。横断歩道を渡り、バス停に立った。

「おまえ、ここで待ってろ」

ケンは車を降りた。横断歩道まで行きかけて、ケンは小走りに戻って来た。

「キャッツアイ、二つばかり貸してくれ。商品サンプルくらい見せてやらなくちゃな」

いって手を出した。石を渡すと、ケンはサファリジャケットのポケットに入れた。

「ケン、大丈夫？」

「これがあるさ」

ケンはジーンズの後ろポケットからジャックナイフを抜いて見せた。

バス停でケンは村山に声をかけた。村山は心底驚いたようだが、逃げはしなかった。殴りかかることもしなかった。ひょろひょろの村山にケンカなどできるはずもなかった。

ケンと村山はタクシーを拾い、乗った。それがケンを見た最後だった——。

「ほな、ケンはキャッツアイ二つとナイフを持ってたわけやね。……お金は」

「せいぜい二、三千円いうとこやろ」

「他には」

「村山の免許証と学生証。キャッツアイを金に換えるのに利用できるかもしれんから、捨てずに持ってた」

「余呉の死体、ケンやったんか……」

「そやろ。あのポスター、顔の輪郭だけは似てる」

「恐ろしい話やな。村山さん、ケンを殺したんやろか」

阿部が口をはさんだ。

「村山さんにそんな大それたことできへん。その、スポンサーとかいうのがやったんや」

と、啓子はいい、しのぶに向かって、

「で、あなた、何でそのことを警察にいわんかったの」

「いえるわけあらへんやろ。キャッツアイを取り上げられる。それに、実際にキャッツアイを日本へ持ち込んだんはケンとうちや。手が後ろにまわってしまうわ」

「ケンよりキャッツアイの方が大事なん？」

啓子は呆れたようにいう。

「あたりまえや。死んでしもたもんはしゃあない。うち、警察大嫌いや。制服見ただけで虫酸が走る」

「そやかて、ケンはあんたの……」

「あんたもしつこいなあ」

しのぶは声を荒らげる。

「ケンとうちは夫婦なんかやあるかい。何べんいうたら分かるんや。ケンとはインドで会うたんが初めてや」

「いつ、どこでよ」

「去年の十一月。あんたらもインド行ったんやったら、ボンベイの南にゴアというとこがあるの知ってるやろ」

「ヒッピーが集まるとこやね」

「よう知ってるやんか。あそこ、一日中、マリファナできるんやで」

――ゴアのカラングートビーチはヒッピーの聖地だ。半裸の外国人ヒッピーたちが日がな一日ガンジャパイプ片手に浜辺に寝そべっている。そのカラングートビーチで最初に出会った日本人がケンだった。

しのぶはゴアに着いたばかりで、まだ宿も決めていなかった。ぼんやり海を眺めているしのぶの横にケンは坐った。やってみなよ、いって素焼きのパイプを差し出した。しのぶは日本でマリファナを何度か吸ったことがあるし、インドへ来た目的の第一はマリファナだともいえた。だから抵抗はなかった。本場のガンジャは強烈だった。

その夜、当然のごとくしのぶはケンの部屋に泊まった。ガンジャが吸える、宿泊費が半分になる、それだけの理由だった。

インドは五回目だとケンはいった。正真正銘のヒッピーだった。何をするでもなく、一日中寝そべってガンジャをやっていた。時おりビーチに来る日本人を見つけては、ガンジャを買ってやったり、さして広くもないパナジの市街を案内したりして、何がしかの金をせしめていた。

十一月の末、ケンは上智の学生だというおぼっちゃんに目をつけた。一人旅、高級ホテルの「ホリデー・ビレッジ」から毎日カラングートビーチへやって来た。ケンとしのぶはぼっちゃんに近づいた。ある日、一緒にレストランで食事をした時、ぼっちゃんのカルティエの財布に百ルピー札が二、三十枚入っているのをしのぶは見た。

その翌日、日暮れ時、しのぶとケンは「ホリデー・ビレッジ」にぼっちゃんを訪れた。上質のガンジャの葉を擂り潰し、そのエキスをたっぷり混ぜたオレンジジュースを用意していた。ぼっちゃんは何の疑いもなくジュースを飲んだ。

二十一時十分発、ゴマンタク・エクスプレスに二人は乗り込んだ。ぼっちゃんの財布には三千二百ルピーと千二百ドルが入っていた。航空券とパスポート、二百ドルほどの現金を残して来たので、どうにか日本には帰れるだろう。

しのぶとケンは、ボンベイからオーランガバード、エローラ、アジャンタをまわり、デリーで遊んだ。

ヴァラナシへ行った頃は金をほとんど費い果たしていた。が、さすが聖なる地、救いの神、村山光行がいた――。

「キャッツアイ、ボンベイで売っとったら良かったんや。妙な色気を出して日本まで持って帰ったもんやから、ケンは死んでしもた。あほや、あいつ……」

しのぶの口調がしんみりしたものになった。ケンを少しは好きだったのかもしれない。

「ケンのこと教えてくれる？　いつまでも身元不明の原田ケンジでは浮かばれへんでしょ」

啓子は優しくいう。

「いうたってもええけどなあ……」

しのぶはしばらく逡巡(しゅんじゅん)していたが、意を決したのか、

「ケンの名前、原田やない、花田(はなだ)や」

一気にいった。

「あんた、それ……」

「嘘やない。本名、花田賢次(けんじ)。東京のラーメン屋の次男坊や」

「だって、列車の……」

真由美がいった。

「横腹に貼ってあった座席表やろ。あれ、間違(まちご)うてたから、あんたら眠らしたあと、そのままにして逃げたんや」

「そうか、HARADA は HANADA やったんか。道理で……」

インド人にとって、日本人の名前は非常に読みづらいようだ。インド流に解釈して適当に書き取るから、そんな間違いが起こる。

「それにしても、花田賢次の御両親、何で気づかへんのかしら。これだけの大事件やし、あの復元像にしても、テレビのスポットで何度も流れてるのに」

「あんなもん、あかん。髪の形が全然違う。ケンは長い髪を真中で分けてた。それに、ケンは勘当（かんどう）の身や。マリファナ欲しさに家の金を何べんも持ち出してた。もう一年も東京へは帰ってない、というてた」

あんたと一緒、似た者コンビじゃない。弘美は口の中で呟（つぶや）いた。

「話が横道に逸（そ）れてしもうたけど、それからどうしたの。沓掛でケンと別れたあと」

「旅館へ帰った。こたつに入ってたら、そのまま寝てしもた」

——翌日、昼まで待ったが、ケンは帰って来なかった。仕方なく、ケンと自分のバッグを持ってしのぶは旅館を出た。所持金は一万円札が一枚きりだった。レンタカーを返したら、一万円が三千円になった。

四条河原町のレストランでステーキを食べた。二千五百円だった。

別にあてはないが神戸にでも行こうと思い、残りの五百円で三宮（さんのみや）までの切符を買った。途中で気が変わり、梅田で降りた。地下鉄でミナミへ出た。奈良へ帰る気はまったくなかった。

千日前のアルサロへ入った。マネージャーはしのぶを一目見るなり明日から来てくれといった。あどけない容姿がアピールしたのか、免許証を見せただけで仕度金を三万円もらった。その日は湊町のビジネスホテルに泊まった。

酔客の相手をするのは我慢ならなかった。ハゲに太股を撫でられたりすると鳥肌が立った。で、アルサロ勤めは一日でやめた。仕度金の残りで、住吉区我孫子に四畳半一間のアパートを借りた。以来、喫茶店のウェイトレスでその日を暮らしている。仕度金の返済など考えたこともない。

しのぶは二、三度、京都駅裏の旅館に電話した。ケンは顔を見せないという。いつもは番組欄しか見ない新聞を隅から隅まで読んだ。ケンのことが気がかりだった。

二月十五日夕刊、余呉湖で全裸死体が揚がった。

二月十六日朝刊、死体の胃から二カラットのキャッツアイが摘出された。しのぶはケンの死を知った。

二月十七日、夜、村山の下宿へ行った。灯りは点いていない。十一時まで粘ったが、村山は帰って来なかった。とんだ骨折り損だった――。

「しのぶさん、それからどうしたの」

「もうアパートに帰れる時間やないし、四条烏丸まで出て、近くのビジネスホテルに泊まった。えらい無駄遣いや」

「それでも、あんた幸運やったんよ。次の日の夜に下宿へ行ったりしてみなさい、村山さんの巻き添え食って殺されてたかもしれへんのよ」

「次の夜も、うち、行ったがな」

「えっ?!」

全員が同時に叫んだ。

「ほな、あんた、犯人を見たの」

「そう。見た」

「えーっ!!」

今度の声はもっと大きい。

「誰よ、犯人。どんなやつやった」

「知らん。暗かったし、ちゃんと見てへん」

——二月十八日、夜、しのぶは村山の下宿へ向かった。ポケットには八つ折りにした一枚の紙を入れていた。紙にはフェルトペンで大きく〈人ごろし〉とだけ書いてある。村山がいなければ下宿に紙を放り込んで帰るつもりだった。それでどうこうするという考えはなかったが、何かしなければ治まらない心境ではあった。わざわざ京都まで来て肩すかしを食った腹いせだったのかもしれない。

午後九時半、下宿に着いた。生垣の外から離れを見る。窓から灯りが洩れていた。村山は部屋にいるらしい。

しおり戸を開き、邸内に入った。足許のタマツゲをスカートの裾にひっかけた時はびっくりした。

離れの窓の下に潜む。話し声が聞こえた。内容は分からない。村山と、もうひとり男がいるようだった。窓を覗こうとしたが、見つかりそうな気がしてやめた。しのぶは膝小僧を抱え、星を眺めていた。

十時半、異様な呻き声が聞こえた。何かが倒れ、ものが壊れる音もした。しのぶが身を硬くして数分、ドアが開き、男が走り出た。しおり戸を開けるのももどかしいようで後ろも見ずに走り去った。手に紙袋を持っていた。

ドアは開け放されたままだった。物音がしない。

しのぶは窓を覗いた。カーテンの隙間から村山が見えた。死んでる、瞬間的に分かった。

しのぶは部屋に入った。怖くなんかない。用意して来た紙を広げ、村山の胸の上に置いた。どこかしっくり来ない。死んでしまった村山を〈人ごろし〉呼ばわりしたところで何になる。第一、これでは自分が村山を殺したようにみえるではないか。しのぶはふと思いついて、首に提げた革袋からキャッツアイを一つ取り出し、村山の半開きの口にそれを放り込んだ。指先に嘔吐物が付いたのを村山の服で拭った。紙をポケットに入れる。

部屋を出る前に、自分の指紋が付いたと思われるところをジャケットの裾で拭いた。ドアは足で閉めた。それくらいの知恵はあった――。

「すごいやんか、その度胸と落ち着きよう。大したもんや」

「そうでもないけどな」

しのぶは頭をかく。

「あんたの咄嗟の判断で、村山さんの死はキャッツアイ連続殺人ということになった。もしあれが単なる殺人事件なら、私らがインドへ行くこともなかった。こうしてあんたに会うこともなかった。……ほんまに大手柄や」

いって、啓子はしのぶの肩を叩く。なぜこんな泥棒の機嫌をとるのか、弘美は不満だ。

「うちは嬉しないで。おかげであんたらに捕まってしもたがな」

おだてられて悪い気はしないのだろう、しのぶのもの言いが少し柔らかくなった。

「しのぶさん、何で遺作展の会場にやって来たの？」

「ケンがいつもいうてた。『村山とマユミっていったかな、やつら、運び屋だぜ。おれたちがキャッツアイを奪ったことは絶対に表沙汰にゃならない』……そやのに、『原田夫妻』やて、気になるやんか」

「私の作戦が図にあたったというわけや」

「ふん。ええ気になりなや」

「大阪のキャッツアイも君の仕業か。あの凍死体から発見されたやつ」

阿部が振り向いて訊いた。

「あれは知らん。うちは何の関係もない」

「君、大阪の事件を知ってどうやった、びっくりしたか」

「しつこいなあ。うちは関係ないというたやろ。……寒いわ、ヒーター入れてえな」

いわれて気づいた。確かに寒い。ウインドーが白く曇っている。阿部はエンジンをかけた。

「インドに較べて、日本の寒いこと。私、ちょっと……」

啓子はドアを開け、外へ出た。

「トイレ？」

弘美が訊く。

「レディーに対して何てことというの、はしたない。私の目的はこれ」

いった途端、フラッシュが光った。眩しい。

「何するんや。うちの写真撮ったやろ」

しのぶが喚く。

「やったね」

啓子は涼しい顔。

「村山さんが死んだそもそもの原因は何？　よう考えてみ。……あんた、そう、あんたと花田賢次のせいや。あんたがキャッツアイを奪ったから、村山さんは死んでしもた。多分、事後処理のもつれで……。そら、あの人は運び屋をしてたかもしれん。そやけど、殺されていいはずはない。あんまり調子に乗ったらあかんわ」

「うるさい。キャッツアイを奪ったんはケンや。ガンジャジュース作ったんも、村山に狙いをつけたんも、みんなケンや」

「その、ケンの奪ったお金で一緒に遊び呆けてたのは誰よ。マリファナ欲しさにインドへ行き、同じ日本人を二人もカモにして、あげくは殺人の種まで播いた。〈人ごろし〉いう紙はあんたの顔に貼っておくべきや」

「お啓、かっこいい」

弘美は手を叩く。胸のつかえが下りる。

「ふん、いうことはそれだけか。……放せ」

しのぶは弘美の手を振りはらった。

「おや、しのぶさん帰るんかいな」

啓子は車の外から話しかける。

「あたりまえや。おまえらみたいなへなちょこ相手にしてられん」

「ほな、キャッツアイ置いてってよ。全部とはいわへん……そうやね、十個ほどいただいとこか」

「へっ、誰がおまえらなんかに」

しのぶはTシャツの胸を押さえる。キャッツアイの存在をわざわざ教えているようなものだ。

「あんた、キャッツアイの裸石を十四個も持ってどうするつもり。絶対にお金にはならへんのやで。そんなもん持って宝石店に行ってみ、店を出た途端これやから」

啓子は両の手を揃えて前に突き出す。

「そんなこと、おまえにいわれんでも分かってる。ほとぼりが冷めるのを待っとったらええんや」

「それはいつよ」

「いつでもええやろ。遠い先の話や」

「あんた、それまで待てるの」

「…………」

「よう考えなさい。これは連続殺人よ、大事件なんよ。事件が解決せん限り、あんたのキャッツアイはただの石。永久に換金できへんわ」

「何がいいたいんや。ごちゃごちゃと講釈たれて」

「要は、事件を解決したらいいのよ。犯人さえ捕まれば、キャッツアイはお金になるというわけ。もっとも、指輪かペンダントに加工してからでないと売れへんけどね」

「警察でもないおまえらにそんなことできるんか」

しのぶは啓子の言葉に興味を持ったらしい。車から降りようとドアに手をかけていたのをまた坐り直した。

「ここまで来た以上、あんたは私らに協力せなあかんのよ。でないと、しのぶさん、明日は留置場や」

「うちの名前も知らんくせに、ちゃんちゃらおかしいわ」

「奈良県下のクリーニング屋さん、何軒あるんかな。せいぜい四、五百軒てとこでしょ。ここにあんたの写真もあるし……」

「汚ないぞ。泥棒の上前はねよ、いう気か」

「へえ、自分で自分のこと泥棒ていうたね」

「くそっ、どないなとせえ」

しのぶは脚を組み、シートにふんぞりかえった。

14

京阪七条へしのぶを送って行った。その車中、啓子は半ば強制的に十個のキャッツアイをしのぶから召し上げた。しのぶは覚悟を決めたのか、口汚なく罵りながらもキャッツアイを差し出した。インドの宝石店で見たのと同様、澄んだ蜂蜜色のきれいな石だった。

車は七条通りを西へ向かう。

「お啓、私、キャッツアイなんて欲しくない」

弘美はいった。

「私かて、こんなもん要らへん」

「じゃ、どうして」

「ペナルティーや。しのぶに対するペナルティー。あのまま黙って帰すやて、悔しいやんか。このキャッツアイ、時機をみて警察に渡すつもり」

「何や、ぼくら五人で山分けにするのと違うんかいな。一人につき二つずつ」

「あほいいなさい。そんなことしたら、私らまで共犯になってしまうやないの」

「惜しいな。インドへ行った旅費、清算できるのに」

さも残念そうに阿部はいう。

「ぼん、お金のことよりもっと大切なこと考えなさいよ。村山さんとケンはどこへ行ったん、美大の前でしのぶと別れたあと」

「分かりきったこと。密輪の元締めのとこへ行ったんやがな」

「その元締めて、何者」

「それは……」

四人はそれっきり黙りこくってしまった。啓子はああでもないこうでもないと口の中でぶつぶつ言い続けていた。


「どこをうろうろしとったんや。おれ一人を置いてきぼりにして」

府立美大宿直室、予想どおり永瀬は怒っていた。

「永瀬君には宿直のバイトがあるでしょ。そやし、残ってもろたんや」

「おうおう、えらいご親切なこって」

永瀬は湯を沸かし、全員にコーヒーを淹れた。豆は特売のブレンド、ヒビの入ったパーコレーター、不揃いの欠けたカップ、ミルクなし。反って波打ったテーブルにはたばこの焼け焦げと絵具の斑点。壁一面に美大らしからぬ稚拙な線の落書き。およそムードとか情趣には程遠いが、弘美はここで飲むコーヒーが一番好きだ。

「ほいで、どないしたんや、あれから」

ブラックをひとすすりして、永瀬が訊いた。

「大変も大変、大変なことが分かったんよ」

「大変もそない連発されると値打ちが下がるな」

「ほんまに大変なんやから。ま、聞いて」

啓子は画廊を出てからのいきさつを話した。

「……ほな、余呉の死体は花田賢次いうやつか。こらほんまに大変なスクープや」

永瀬は緊張した面持ちでいう。

「私ら、犯人のすぐそばまで来てるのよ。そやのに、あとちょっとのとこで手が届かへん。何かこうもやもやして……。どこかにヒントがあるはず。事件を解明するヒントが。弘美、あんたも考えてよ」

「うん」

返事はしてみたが、弘美にその意思はなかった。啓子が頭をひねって分からないものを弘美に分かるはずがない。

「ぼく、トイレ」

阿部が立ち上がった。彼も考えることを放棄しているらしい。

「冷た」

ドアの手前で阿部がいった。永瀬のジャージーやショートパンツが紐にかけてある。

「こんなとこやのうて、外に干したらええのに」

「貴重品があるからや。間違うて一緒に洗てしもた」

永瀬がいう。紐の端にクリップで定期入れやアドレス帳を吊るしている。

「学生証も千円札もびしょ濡れや。ろくなことない」

と永瀬が吐き捨てた途端、

「それや！」

啓子が叫んだ。あまりの大声、弘美は飲みかけのコーヒーにむせた。真由美も眼を丸くしている。

啓子はポンとひとつテーブルを叩いて、

「免許証よ、免許証。しのぶ、さっきどういうた？　ケンはキャッツアイ二つとナイフ、村山さんの免許証と学生証を持ってた、というたやないの。そやのに、村山さんの下宿には免許証がなかった。……こんな不思議なことある？」

「何のこっちゃ。ちいとも分からへん」

いって、阿部はまた坐った。

「よう聞いて。ケンは村山さんの免許証を持って元締めのところへ行き、そこで殺された。ケンは裸にされ、棄てられた。ケンの服はどうなったん？　ポケットの中にあったもんは？　当然、元締めと村山さんが調べたはず。村山さん、自分の免許証を見つけてどうしたかな。まさか、捨てたりはしないよね。そう、自分のポケットにしもたんや」

「そうや。村山さん、インドから帰っておれと会うた時、免許証の再交付について訊いてた」

と永瀬。

「下宿で殺された時、村山さんは免許証を持ってたはず。そやのに、その免許証が現場に見あたらへん。犯人が持って逃げたんや。それはなぜか……。犯人は村山さんがインドで免許証を盗られたことを知ってた。知ってたからこそ、免許証を村山さんが持っているのは不自然やと考えた」

「そんなに不自然かな……村山さんがインドで免許証を盗まれたこと、警察は知らんのやで」

阿部は首を傾げる。

「警察は何でそのことを知らへんの」

「…………」

「私らが喋らへんかったからよ。ハシシの一件が絡んでたから、案に相違して私らは喋らんかった。つまり、犯人は、私らがインドでの村山さんの免許証盗難を知っていて、当然そのことを警察に話すと予想していた人物やというわけ。私、さっきからずっと考えてた。曖昧模糊として、どこかすっきりとせん。何やろ、何がひっかかるんやろ。そればっかり考えてた。……そう。免許証や。あの洗濯物を見てハッと思いついたんや。……今日、ある人物が私にこういうた。『そういえば、村山君、現金だけやなく、免許証と学生証まで盗られたとかいうてましたな。かわいそうに』、確かにそういうた」

「それ、ひょっとして……」

弘美と永瀬が同時にいった。

「『深山画廊』オーナー、深沢孝平」

「な、何やて」

阿部が眼をむいた。真由美は黙って聞いている。

「深沢氏、私らが証言するであろうことを予想して、村山さんの下宿から定期入れを持ち去ったのに、警察は事情を知らへんもんやから、いまだに定期入れを探してる。深沢氏にしたら大いなる誤算やったわけ」

「深沢さん、自分で警察に証言したらええやないか。村山さんがインドで免許証を盗まれたこと」阿部は続ける。

「今さらそんなことできへんわよ。それをいうと、インドでの村山さんの詳しい行状を深沢氏が知ってることになる。深沢氏はより厳しい事情聴取を受ける、警察は二人の関係により深い関心を抱く、当然予想される事態ね。それに、免許証は唯一の証拠物件やんか。村山さんの下宿にあった免許証にケンの指紋でも付いててみ、ケンと村山さんの関係、宝石の密輸、余呉の死体の身元、すべてがいっぺんにばれてしまう」

「ケンの死体、指が切り取られてたがな。指紋なんかあらへん」

「それが素人の浅知恵ていうの。ケンは不良青年やし、当然、指紋を警察に預けてる。何かの拍子にケンの身元が割れること、充分に考えられるわ」

「皮肉なもんやな。深沢、気のまわしすぎで、自分の首絞めよったんや」

永瀬がためいきまじりにいう。

「そういえば、深沢さん、村山さんの死体が発見された翌日、模写室に来てたね。インド水彩画展が開けないようになったとかいって困ってたけれど、あれは……」

弘美は深沢のおどおどしたようすを思い出した。

「村山さんのスケッチブックを探してたんや。あのスケッチブックに、自分につながる手がかりがないかと気になって仕方なかった」

「原田夫婦のことを知らんいうたんもおかしいで」

永瀬がいう。

「村山さん、インドから帰って必ず一回は深沢に会うてる。スケッチも見せてるはずや。それやのに、原田夫婦のことが話題にならへんいうのはどう考えてもおかしい」

「なるほどね。次々に状況証拠が出て来るやないの。素人探偵団の推理もまんざら捨てたもんやないね」

「深沢氏、どこでケンを殺したんやろ」

阿部がいった。

「たぶん、長岡天神(ながおかてんじん)やで。あいつ、今日も画廊閉めたあと、マンションへ行くとかいうてた」

永瀬が答える。向日(むこう)市長岡天神に「深山画廊」の第二事務所兼倉庫があると弘美たちは聞いている。

「マンションが犯行現場なら、深沢氏、その後始末をしているのかもね。こら、いよいよ本物や」

「すみません、最初から順を追って説明してもらえないでしょうか。私、もうひとつ呑(の)み込めなくて」

それまで黙って聞いていた真由美がおずおずといった。

「おっと、ごめんなさい。身内ばっかりで話してしもて……いいこと、みんなも、よう聞いて。私の話につじつまの合わんことがあったら、いうてね」

啓子は一つひとつを確認するようにゆっくり話し始めた。

二月十一日、夜、深沢の事務所（おそらく長岡天神のマンション）に村山光行と花田賢次が現れた。村山が事情を説明したあと、花田は深沢にキャッツアイを見せ、これを買えといった。キャッツアイは元々深沢のものだ。深沢は断った。

交渉決裂、深沢は花田を殴り殺した。余呉湖まで死体を運び、棄てた。

そのあと深沢は村山に逃走資金を与え、京都を離れるよう指示した。深沢と花田に接点はなく、村山さえ姿を隠していれば警察の追及はかわせる。ともかくようすを見よう、深沢はそう考えたに違いない。

二月十五日、花田の死体が発見された。胃の中になぜキャッツアイがあったかは分からない。深沢と村山は、花田が二つしかキャッツアイを持っていなかったことで、改めてしのぶの存在に気づいたのかもしれない。だから、しのぶに対する示威行為（わざわざキャッツアイを呑ませたことで、しのぶに対する無言の脅しをかけた）と、とれなくもない。しかしながら、そうまでしてキャッツアイを残したメリットがあったかどうかは非常に疑問ではある。宝石業界、及び宝石密輸に対して捜査の焦点が絞られるのは目に見えていたし、事実、そうなった。いずれにせよ、キャッツアイを呑ませたことについては、現在のところ明確な解釈ができない。

村山を隠して一週間、深沢には新たな殺人計画が根ざしていた。村山を殺す、それで自分の身は安全になる、村山の口さえ封じればいい、暗い決意だった。

二月十八日、深沢は村山を丹後半島から呼び戻し、下宿で毒殺した。

翌日、ニュースを見て、深沢はどんなに驚いたことだろう。村山の口からキャッツアイが出たという。二件の殺人はキャッツアイを仲立ちに、固く結び付いてしまったのだ。

「ほいでどないした。大阪の殺人も深沢がやったんかいな」

阿部が眼を輝かせて訊く。

「まず、彼の仕業と考えて間違いないやろ」

「その理由は」

「鎖を断ち切ろうとしたんや。余呉と京都を結ぶ鎖を」

「鎖？」

「深沢氏、大阪に第三の被害者を配置することで無差別殺人を示唆する考えやったの。身元不明の若い男、美大の学生、日雇労働者、三者には何の共通点もない。場所も、滋賀、京都、大阪と広域にわたってる」

「そういや、新聞の見出しにも一時は無差別殺人という文字が並んでたことあるがな。深沢、それを読んでどんな心境やったやろ。うまいこと行ったと思てたんかな」

「さあ、どうやろ。いくら私でも殺人犯の心理までは分からへん。ま、それはともかくとして、第三の殺人は深沢にとっては何の効果ももたらしはせんかった。余呉の死体は身元が分からんよう顔を潰されている。そして桂では下宿を訪れて毒殺。対するに大阪の事件は、いわば行きずりの犯行。三つの殺人を無差別とみてくれるほど警察は甘くなかった。それどころか、大阪の殺人にまで滋賀、京都との関連を求めた。皮肉なことに、それが捜査を混乱させたんやないかな。深沢は単に死体が欲しかっただけ。キャッツアイを呑んでくれる死体が最も安易に手に入る場所として釜ヶ崎を選んだだけ。釜ヶ崎一帯では毎冬十人前後の凍死者があるという話やし、深沢は凍死体を求めて釜ヶ崎を歩きまわったはず。ところが、凍死体なんてそう都合よく見つけられるもんやない。それで仕方なく、酔いつぶれてる人に大量の睡眠薬入りのお酒を飲ませ、昏睡状態に陥ったところでキャッツアイを口に含ませた。……以上。私の推理はどう？」

「ようできてる。まるで小説や」

と、阿部。真由美と弘美はただ黙って啓子の話を聞いている。永瀬は二杯目のコーヒーを注ぎながら、

「それで深沢、遺作展の開催をあんなに簡単にＯＫしたんやな。原田夫妻に捧ぐ……あのメッセージでぴんと来たんやろ。村山から原田夫婦のことは聞いてたはずやし」

「しのぶは宝石密輸の元締めが深沢氏やいうことを知らへんし、深沢氏もしのぶの顔を知らへん。けど、まぶたの一方が二重、他方が一重という特徴は村山さんから聞い

てたはず。深沢氏の方が幾分有利な立場にあったというべきやね」

「お啓らが画廊を出たあとすぐ、深沢、二階から下りて来よった。それからは、おれと並んでずっと受付に坐(すわ)ってた。しのぶを見つけてどないかしようという肚(はら)やったんやな」

「二階に青酸ソーダをとりに行ってたんかもね」

「その間にしのぶがのこのこと現れよった。これは幸運というべきや」

「その幸運を今後どうつなげて事件解決まで持って行くか。難しいとこやね」

「あの、ちょっといいでしょうか」

真由美が小さく手を上げた。

「さっきからお聞きしていたら、河野さんのいう深沢犯人説、推論ばかりではないかなと思ったんです。私、よく知らないんですけど、犯罪捜査には状況証拠ではなく、物的証拠というのが必要なのではないでしょうか」

「そういわれりゃそのとおりや。お啓、物的証拠というのあらへんがな」

阿部がすかさず尻馬(しりうま)に乗る。

啓子は動じない。

「よう考えてみなさい。そもそも物的証拠というのは何のためにあるの……起訴よ、起訴。検事が容疑者を起訴するために必要なものなんよ。素人探偵団である私らに、そんなもの何の価値があるていうの。仮に物証があったところで、逮捕権なんかあらへん。私らに必要なんは誰が犯人であるかという見込みだけ。深沢氏が犯人やという状況証拠さえ摑めば、それ以上を求める必要さらさらなし。阿部検事、分かった？」

「いや、ぼくはその……」

阿部は下を向く。

「それで、お啓はどないするつもりや。深沢のこと、警察に報せるんか」

永瀬がいった。

「それはダメ。まず、ここにある十個のキャッツアイをどう始末するか考えんと」

「そやから、ぼくいうたやろ。そんなもんをしのぶから取り上げるからえらいめに遭うんや」

「ようういうわ。みんなで二つずつ分けよいうたん、どこの誰やったかな」

「ぼくは別に……」

阿部は頭をかく。余計なことをいっては啓子にやりこめられている。

「うーん、これは思案のしどころですね」

啓子は手を頭の後ろに組み、椅子に深くもたれ込んだ。

永瀬、阿部、真由美、みなそれぞれ考えをめぐらせているようだ。弘美はコーヒーを何度もかきまわす。

すっかり冷めきったコーヒーを弘美が口にした時、

「よしっ」

ひと声かけて啓子がはね起きた。

「一か八かの勝負に出るか。深沢氏がほんとに犯人であるかどうかの確証を摑み、同時にキャッツアイを処分する。……真由美さん、あなたにお願いがあるの」

「は、はい」

真由美は背筋を伸ばす。

「明日(あした)、真由美さんはしのぶという名で舞台に上がるんです」

探偵団団長は口許(くちもと)を引き締めた。淡いピンクのルージュが灼(や)けた肌に映えている。

15

昼食後、パイプをくゆらせているところへ川村が来て、デスクの前に足を揃えて立った。

「すんません。まだ昼休み中やのに」

「かまわん。いってくれ」

根尾はパイプを置いた。

「木島隆の件ですけど、新しい情報が入りました。さっき田中君が右京税務署から持って帰ったんです。『木島商事』、スリランカとバンコク、香港にエージェントを置いてます」

「スリランカとは意味深だな」

「コロンボの『ラトナプーラ・ジュエル・カンパニー』いうのがそれです」

川村はメモ帳を見ながらいう。

「契約内容は」

「出来高払い。つまり歩合制です。輸入額の四パーセントをラトナプーラにコミッションとして支払うてます」

「『木島商事』の最近の輸入実績は」

「去年が一万二千ドル、一昨年が九千八百、その前の年は一万一千ドルです」

「えらく少ないな……バンコクと香港はどうだ」

「バンコクが十一万ドル、香港が八万九千ドル」

「スリランカだけが極端に少ないじゃないか。税務署はどう読んでいる」

「どうも怪しい、こんなはずない、いうことです」

「ただそれだけか」

「それだけです。今は個人病院やパチンコ屋で手いっぱいらしいです。それでも、木島があれだけの商売してて年間輸入額がたったの二十万ドルいうのは解せん、来年あたり税務調査に入ろか、とはいうてたそうです」

「入ったところで大した収穫はないだろ」

根尾は腕を組み、椅子にもたれかかった。

「しかし、その話はおもしろいね。スリランカのエージェントに口をきいてもらって石をインドで受け取る。運び屋は村山光行。……筋が通るじゃないか。スリランカからの輸入額が少ないのもそれで納得が行く。あとの大部分を密輸でまかなっているからだ」

「その村山と木島の接点にいてるのが『深山画廊』の……」

「深沢孝平。そう判断してまず間違いはないだろう」

「深沢はともかく、木島だけでもパクりたいですわ。あいつは我々が先に唾つけたんやから」

「それには余呉の殺しとの関連を摑むことだ。そうすれば、大手を振ってパクれる」

「モンタージュ、まだですか」

「明日だ。待ち遠しいな」

余呉のキャッツアイを大阪心斎橋の宝石店店長に見せたところ、二月九日に長髪の男が持ち込んだ石と同じものに間違いないとの回答を得た。そこで、復元像に長髪のカツラをつけ、再度店長に見せると、よく似ているという。店長には滋賀県警からモンタージュ写真の作成を依頼した。大阪府警はいい顔をしなかった。

「身元だ。身元さえ割れれば勝算はある」

根尾は呟き、パイプを咥えた。

川村が鼻をひくつかせる。

「というわけで、きのうはうまいこと逃げられましたわ。画廊の前まで車乗りつけるとは思てもみいへんかったさかい」

「ま、仕方ないな。京都におること分かっとるんやから、居場所さえ摑んどったらいつでも引っ張れる。スケッチブックは今日押収したらええ。それよりガラさん、これ見てくれ」

笹野は茶色の大きな封筒をデスクの上に置いた。

「何ですねん」

五十嵐は袋の口を開きながら訊く。

「インターポールからの返事や。きのうの夕方届いた」

「ほう、やっと来ましたか。何ぞええこと書いてますか」

薄っぺらい冊子を取り出した。青い表紙にタイプで英文が打ってある。

「あきまへん。わし、横文字は丸っきりあきまへんねん」

冊子を放り出した。

「そういわずにちょっとめくってみい。ちゃんと訳が付いてる」

「ほうでっか」

五十嵐は冊子をまた手にとった。要点だけを拾い読む。

「村山のやつ、クボタマユミとかいう女と一週間ほど行動を共にしてますな。住所は岡山県笠岡市」

「北木島町……岡山県警に訊いた。クボタマユミいう名前の女は確かに北木島にいてる。年は二十歳、家事手伝い」

「こら、えらいこっちゃ。キャップ、わしに行かして下さい。その女、わしが事情聴取します」

「そう急くな。ガラさんが行くのはええが、女が家におらなんだらどうする。無駄足になってしまうがな。今朝、笠岡署から捜査員が北木島へ行った。その返事を聞いてからでも遅うない」

「返事、いつ来ます」

「昼前には来るはずやったんやが……」

いって、笹野が椅子に深くもたれかかった時、デスク上の電話が鳴った。

「お待ちかねのやつかな」

笹野は受話器をとる。

「はい、笹野。……ああ、つないでくれ」

笹野は五十嵐を見て眼くばせをする。笠岡からだ。五十嵐は傍らの椅子を引き寄せて坐(すわ)った。ショートホープを吸いつける。

「……分かりました。どうもご苦労さんでした」

軽くお辞儀をし、笹野は受話器を置いた。

「どないでした、クボタマユミおりましたか」

「おらん。きのうの朝、一週間ほど旅行するいうて家を出た」

「行先は」

「京都」

「ええ?! この京都におりますんか……どこです」

「分からん。家族には、ホテルに着いたら電話するというてたらしいけど、きのうは連絡がなかった」

「くそっ、近頃の娘は外泊しても居どころさえ報(しら)せへんのでっか。ふしだら極まりない」

五十嵐はつい男と一緒にいるところを想像してしまう。

「今ここでどうこういったってしゃあない。マユミから連絡が入るのを待つほかないやろ。それで、深沢の調べはどこまで進んどるんや」

「おっと、それが本題でしたな」

五十嵐はフィルターのところまで吸ったたばこを揉み消し、

「三日間、きっちり調べ上げましたで」

メモ帳を手にした。

深沢孝平、四十二歳、独身。前科前歴なし。六十七歳になる母親と画廊の二階に居住。父親は戦死。私立京都商業大学を卒業後、三条河原町の「日晨画廊」に勤務。「日晨」は日本画の扱いでは京都で五本の指に入る老舗。

三十五歳で独立、烏丸今出川の自宅を改装して画廊にする。三年前、高級額の注文販売を始め、倉庫兼事務所として長岡天神にマンションの一室を買う。最近はそこを拠点にして、大阪、神戸への営業活動をしている。

村山光行とのつきあいは、二年前、「深山画廊」で第一回の個展を開催した時から。木島とはもう十数年、「日晨画廊」にいる頃からの関係。

「四十二いうたら、もうええ年やないか……結婚は」

「してまへん。多分、おふくろさんのせいでっしゃろな。深沢、近所で評判の孝行息子ですわ。三、四年前までは縁談を持ち込む人もあって、見合いも何回かはしたらしいけど、深沢がなかなかＯＫしよらんらしい。おふくろを大事にしてくれる人やないとあかんいうて」

「そないに母親が大事なんか」

「親ひとり子ひとり、終戦後のあの物のない時代から、おふくろさん、再婚もせずに足袋や帯紐の行商をして深沢を育てあげたんです。並大抵の苦労やなかったと思いますわ」

「早う結婚して孫の顔見せたるんも親孝行やと、わしは思うけどな。深沢、ひょっとして、こっちの趣味か」

　笹野は親指を立てる。

「何の何の。特定の女はいてへんけど、かなりの好き者でっせ。週の半分は木屋町や花見小路のクラブやスナックに顔出して、女を口説きまくってますがな」

「ようそれだけ金が続くな。収入は」

「去年の年収は九百万ほど」

「車は」

「最新型のクラウン。３ナンバーでんな。画廊そばの駐車場を借りてます。マンションにも営業用のライトバンを置いてますわ」

「クラブ通いにマンション、クラウン、とても年収九百万の生活とは思えん」

笹野はワイシャツの胸ポケットからセブンスターを出す。一、二度振ってみたが空だと気づき、クシャクシャに丸めてくずかごに捨てた。五十嵐がショートホープを差し出すと、黙って一本抜き火を点けた。天井に向かって勢いよくけむりを吹き上げ、

「深沢の金まわりの良さについてガラさんはどない考える」

「『木島商事』でっしゃろな」

「やっぱり密輸の線か」

「おもろい話がありますねん。深沢は五年前から年一回、暮れに海外旅行してます。行先は東南アジアばっかりですわ。毎年同じようなとこへ行って、いったい何が楽しいんでっしゃろ」

「そら楽しいがな。金儲けや」

「それが、去年の暮れはどこへも行ってませんねや」

「代わりに村山光行が行った。筋が通る。……で、深沢のアリバイは」

「以前、白石が訊いた時は、二月十一日と二月十八日の両晩とも長岡天神の事務所にいてたとかいうてたそうですけど、今、裏をとってるし、明日中には報告できます」

「アリバイ、多分あらへんやろ」

「早う引っ張りたいですわ」

「しかし、『セロニアス』の桑原が白と決まったわけでもないし、美大の学生連中の

 こともある。木島の調べは滋賀県警が主担やし、それに、一番肝腎な余呉と大阪の関連がまだ摑めてへん。京都だけ先走って深沢をパクッたりしてみい、滋賀や大阪からどない責められるや分からん。我慢や、じっくり証拠を固めて時機を待つんや」

そやから合同捜査いうの、わし嫌いですねん――口に出かかった言葉を五十嵐は呑み込んだ。

「たばこ、これで良かったら」

新しいショートホープを机の上に置き、五十嵐は立ち上がった。

「これから『深山画廊』へ行きます。河野と羽田、会場におるやろし、スケッチブック押収して来ますわ。あの二人を調べるのは、スケッチブックの内容を検討してからにします」

「深沢には」

「大丈夫。会わんようにします。今勘づかれたら元も子もないさかい」

桂署を出た。白石は朝から「深山画廊」の張込みをしている。

(腹減っとるやろ)

五十嵐は桂の駅前で焼肉弁当とカップ入りの味噌汁を買った。

事務室の電話が鳴った。深沢は電気カミソリのスイッチを切った。右半分を剃り残している。

「はい、『深山画廊』です」

「深沢さん？　私よ。誰だか分かる」

若い女の声、はすっぱな口調だ。

「どなたでしょう」

「ハ、ラ、ダ。……原田ケンジの奥様」

「どういうご用件でしょう」

話しながら席を立ち、深沢は展示室との境のドアをロックした。展示室には美大の四人がいる。

「私、見たのよ。あなたが村山の下宿から逃げるところ」

「何のことですかな」

「今さらとぼけてもダメ。村山の口にキャッツアイを含ませたのは私。それでお分かり？」

「…………」

「残りのキャッツアイ、買ってほしいんだ。夫を殺された妻に対する慰謝料として一千万、残りのキャッツアイが一つ百万で一千万、計二千万で手を打とうじゃない」

深沢は口許（くちもと）を手で囲い、声を押し殺す。

「残りのキャッツアイは十四個あるはずや」

「本性を露わしたのね。それなら話は早いな。……四つのキャッツアイはボンベイで処分しちゃったのよ。一つにつき五千ルピー、ばかばかしいと思わない？」

「もうええ、無駄口は叩くな。取引の方法をいえ」

いつドアがノックされるか、気が気でない。

「京都駅、中央口東横のコインロッカー。そこに詳しい取引方法を書いたメモがあるのよ。あなたは現金を二千万円用意して、持って来るだけ」

「おまえが二度と脅迫をせんという保証は」

「あなた、そんな強いことといえる立場にあるの。切るよ、電話」

「分かった。いうとおりにする」

「お利口さんね。じゃ、話の続きをしようか。……京都駅って人通りが多いでしょ。だから、あなた、スケッチブック持って来てよ。村山がインドに持って来てたあの青い表紙のスケッチブック。あれを脇に抱えて来んの。私、遠くから見張っててあげる」

「駅にはいつ行ったらええ」

「午後三時。それまでにお金の用意をしておくことね」

「ロッカーの鍵は」

「男はそうせかせかしないの。二時頃また連絡するわ」

そこで電話が切れた。

深沢は受話器を叩きつけるように置いた。抽出(ひきだし)の鍵を開け、厚手のスタンプ台を取り出す。レターナイフを使ってパッド部分を外す。スタンプ台の底に、白い粉末の入ったビニールの小袋があった。袋を上着の内ポケットに入れ、スタンプ台を元に戻す。たばこを吸いつけ、眼をつむる。あの夜の出来事が脳裏に焼きついて離れない。

――長岡天神のマンション、原田ケンジはジーンズの尻(しり)ポケットからナイフを出した。

「出しなよ。そこにあるんだろ」

部屋の隅にある小型金庫をあごで指した。

「石は」

「ちゃんと持ってるぜ。ほら」

ケンジはテーブルの上にキャッツアイを一つころがした。

「今ここに金はない。取引は明日にしてくれ」

「ばかいうなよ。おまえたちが手ぐすねひいて待ってるところへのこのこ出て行けるか……金はある、こいつがはっきりといったのさ」

ケンジは壁際のロッカーのところに立っている村山を見た。村山は顔を伏せる。

「金があるかないか、その金庫を開けて見せなよ」

「断る」

「そんな高飛車に出ていいのかよ。キャッツアイ、二度と拝めないぜ」

　ケンジがそばに来た。深沢の胸にナイフを突きつける。後ずさりしながら深沢は考える。キャッツアイはどうあっても取り戻さねばならない。木島からは密輸の資金千三百万円の返済を強く迫られている。キャッツアイが奪われたことなど言い訳にもならない。キャッツアイさえあれば木島への借りは返せる。新たに一千万円のコミッションももらえる。

　深沢は金庫のダイアルをまわした。何度もまわして時間をかせぐ。隙を見てケンジを襲うつもりだった。

　金庫の扉が開いた。中には百万円の束が二つ、神戸の作家に払う画料だ。

「何だ、これっぽっちかよ。もっとあるだろうが」

　ケンジが金庫の中を覗き込む。深沢の背中にあてられていたナイフが外れた。一瞬、深沢は体を矯め、ありったけの力をケンジに向けた。ケンジの右手を両手で摑み、全体重を預ける。テーブルが倒れ、灰皿がころがる。もんどりうってサイドボードにぶつかった。ガラスが割れ、絵皿や壺が落ちる。視界の片隅に村山が入った。突っ立ったままこちらを見ている。ナイフを払い落とした。頭突き。クラッとして床に倒れた。

首が絞まる。ケンジの手を外せない。顔が膨れ、眼から血が噴き出しそうだ。頭の芯（しん）が軽くなる。最後の力をふり絞って体を捻（ひね）った。ケンジの重さが消える。大きく息を継ごうとして噎（む）せた。咳込（せきこ）みながらもすばやく立ち上がった。

原田ケンジはサイドボードの脇、散乱したガラスの上に丸くなっていた。細い呻（うめ）き声、後頭部を両手で抱え込んでいる。指の間から鮮血がしたたり落ちる。グレーのカーペットが赤く染まり急速に広がって行く。倒れたテーブルの向こうに村山の呆（ほう）けた顔、ダランと下げた右手には三番アイアンが握られている。ロッカーの横に立てかけてあったものだ。

深沢は膝（ひざ）から崩れ落ち、ひとしきり吐いた。

ケンジをソファに寝かせ、頭には何重ものタオルを巻き、きつく縛った。血は止まらない。五分後、ケンジの呻き声が止んだ。

「深沢さん、おれ、殺す気は……」

村山の顔には血の気がなかった。壁に背をもたせかけ、肩で息をしている。

「もうええ、いうな。……もうええんや。死んでしもたもん、今さらどうこういうたってしゃあない。死体や。死体を始末するんや」

「深沢さん」

「やかましい。君は黙っとれ。死体さえ隠したら何とかなる」

深沢はケンジ殺しを隠し通すことを決意した。苦労の染みついた母親の顔が思い浮かぶ。

深沢の母親は六十七歳、画廊の二階でひっそりと暮らしている。手間暇かけて作った手料理を深沢がうまいといって食べるのを眼を細めて見ている。毎月渡す小遣いも息子の名前で全部貯金する、そんな母親だ。深沢だけを生きがいにしている。きれい事に過ぎるが、密輸に手を染めた理由のひとつに、早く店を構えて独立し、母親に楽をさせてやりたい気持ちがあったのは確かだ。その母親を悲しませるようなことは絶対にしたくない。

マンションの右隣はボイラー部品の営業所、左隣はホステス、物音を聞かれた心配はない。深沢と村山はケンジの死体から着衣を剝ぎ、髪をハサミで切った。ジーンズのポケットからは村山の定期入れが出て来た。村山は定期入れから自分の運転免許証と学生証を抜き取った。キャッツアイはテーブルの下にあった。

ケンジの顔にタオルをあて、ブロンズの仏像で叩いた。深沢は何度も吐いた。皮膚が裂け、骨の砕ける音が今も耳に焼きついて離れない。村山は部屋の片隅に耳をふさいでうずくまっていた。

そのあと、ケンジの指をワイヤーカッターで切断した。指はあっけないほど簡単に切れた。既に神経がマヒしていた。

三重のゴミ袋に、村山の定期入れ、切り取ったケンジの指、服、タオルを入れた。

深夜、作品運搬用の大型ジュラルミンケースに死体を詰め、エレベーターで地下駐車場に降りた。ライトバンにケースを積み込む。誰にも見られなかった。ゴミ袋はマンションのゴミ集積場に置いた。

余呉へ行く途中、大崎(おおさき)のあたりで琵琶湖にナイフと三番アイアンを投げ捨てた。

余呉湖、午前三時。ジュラルミンケースから出したケンジの死体にロープを巻き付け、もう一方の端に大きな石を括(くく)り付けた。ロープは余呉へ来る途中、鵜川(うかわ)付近の建設現場で盗んだ。

死体を湖に沈めたのは深沢一人。村山はライトバンの助手席で頭を抱えていた。

三日後、ケンジの死体が揚がった。胃の中からキャッツアイが出たと知って、深沢は心底驚いた。ケンジは二つのキャッツアイを持っていたのだ。やつはサイドボードの脇でうずくまっていた。あの時、残るひとつのキャッツアイを呑(の)み込んだに違いない。たかがキャッツアイひとつ、命と引き換えにしてまで執着しなければならなかったのか。

キャッツアイが発見されたことで、ケンジの相棒(インドで村山がキャッツアイを奪われた時の状況、及びケンジがキャッツアイを二つしか持っていなかったことから、ケンジには女の連れがあると考えられた)は余呉の死体が誰であるかを知ったに違いない。身元が割れるのは時間の問題だ。深沢は村山殺害を決意した。もうあとには引けない心境だった。

　毒薬は簡単に手に入った。オーダー額の製造を手がけているので、メッキ工場には時おり出入りする。粗末な薬品棚に保管された青酸ソーダを、ほんの少し失敬した。

　二月十八日夜、下宿、村山は憔悴しきっていた。ケンジの死に際が眼に浮かんで眠れない、自首をする、村山はいった。彼が腰砕けになるのは最初から予想していた。

　深沢は村山のウイスキーに青酸ソーダを混ぜた。嘔吐物と胃液を噴き上げ、悶え苦しむ村山。深沢は座ぶとんに顔を埋めて堪えた。村山は死んだ。深沢は自分の持ち込んだ巻きずし、ピーナツなどの食べ残し、その袋、包装紙などをまとめた。村山のズボンから免許証の入った新しい定期入れを抜き取った。恐怖と焦燥で神経はずたずたになっていたが、それだけは忘れなかった。阪急桂駅に着くまで、どこをどう歩いたか覚えていない。

　翌日、村山の死体からもキャッツアイが出たと知って、一時は錯乱状態に陥った。自分はキャッツアイに呪われているのではないか、本気でそう思った。ケンジの連れの存在がいいようもなく不気味だった。

　大阪の殺人は、いわば偶然の産物だった。

　事件を大きくすることでケンジの相棒に無言のプレッシャーをかける、警察には愉快犯による無差別殺人の可能性を示唆する、その二つが狙いだった。だから殺意はまったくなかった。最近の睡眠薬で人を殺すことはできないと知っていた。昏睡(こんすい)状態のところを誰かに発見されればいい。睡眠薬による殺人未遂というのを想定した。正直なところ、凍死することにまで考えが及ばなかった——。

「深沢さん、すみません、ここ開けて下さい」

　ドアの向こうから永瀬の声。ふと見れば、手にしたたばこがほとんど灰になっている。たばこを揉(も)み消し、ドアロックを解除した。

「悪い。悪い。ちょっと金の勘定してたさかい」

　笑ってみせる。

「よろしいなあ、勘定できるだけのお金があって。おれなんか、五千円の金も持ってませんわ」

　いって、永瀬も快活に笑った。

「今日はいつまで」

「晩までおるつもりですけど。お邪魔ですか」

「いや、まだ勘定が終わってへんので……」

「そうですか。ほな、すぐ出ます。お湯をもらいに来ただけですから」

　永瀬は湯沸かし器を使い始めた。

「永瀬君、村山君のスケッチブックやけどな、あれ、どこにあるんかな」

「阿部の車にまだ積んであるはずですわ」

「ちょっと貸してもらえんやろか」

「そらよろしいけど……何でまた」

永瀬は深沢の方を向き訝しげな顔をする。

「写真を撮っときたいんや。死んだ村山君を偲ぶよすがとして」

「それなら、進呈しますわ。阿部にいうてとって来てもらいます」

永瀬はポットを持って部屋を出た。深沢は再びドアをロックする。

新聞紙の束を持って来て、デスク上に積んだ。札入れから一万円札を出し、新聞紙の上に広げた。定規とボールペンで札の形をとる。新聞紙を重ね、カッターで切る。切った紙を一センチほどの厚さに分け、上下を一万円札で挟んだ。輪ゴムでとめる。二千万円の札束は一時間でできあがった。

女に金を渡すつもりはない。もともとは深沢のキャッツアイだ。それに第一、深沢には二千万円もの大金などない。木島が用立ててくれるはずもない。

ともかく、女に会う。会って、どうあってもキャッツアイを取り戻す。青酸ソーダを使うことも辞さない。もうあとには引けないところまで追い込まれていた。

——午後二時二十分。電話。

「深沢さん……あたし」

あの女の声だ。

「金とスケッチブックは用意した。ロッカーのキーは」

「裏の赤錆びた階段。そばに鉢植があるでしょ、ほら、つやのある濃い緑の葉っぱの」

椿のことだ。

「あの鉢の下に入れておいたわ。ナメクジに触らないように注意することね」

ふふふ、含み笑いで電話が切れた。

深沢は事務室から裏の路地へ出た。二階に上がる鉄製階段がある。そばに並んだ鉢を片っ端からひっくりかえす。椿の下に鍵はあった。

「孝平、どないしたんや」

階段の上から母親が顔を出した。

「何でもあらへん。けつまずいただけや」

「怪我せえへんなんだか」

「心配せんでもええ」

鍵を拾い、事務室に入った。札束の入ったバッグを提げ、スケッチブックを小脇に抱えて、裏口から再び外へ出た。青酸ソーダは上着の内ポケット、左胸を押さえてその存在を確認した。

狭い路地を身を縮めて歩き、表通りに出た。念のため画廊を振りかえる。美大の四人は深沢に気づいていない。足早に歩く。暑くもないのに汗が噴き出して来た。


食べかけの焼肉弁当を白石は放り出した。

「何をする。まずいんか」

「違います。デカ長、あれ見て下さい」

運転席の白石がフロントウインドー越しに通りの向こうを指さした。

「おっ、あの後ろ姿は深沢やないか。大きなバッグ提げて。夜逃げするには時間が早すぎるで」

「スケッチブックも持ってます」

「あれ、ひょっとしたら村山の……。よし、エンジンかけてくれ。追い越すんや」

ぐずぐずしていたら、深沢は今出川通りへ出てタクシーを拾うかもしれない。

車は深沢の横を走り抜けた。スケッチブックを見る。青い表紙にはM・Mと大きく書いてあった。間違いない、村山のスケッチブックだ。

「石やん、応援頼んでくれ。こいつは何かある。わしの肚の虫がそういうとる」

今出川通りを左に曲がった角で五十嵐は口早に指示した。

「おもしろなってきましたな。あいつ、スケッチブックどないする気やろ」

　白石はマイクを手にした。


「やった。あの刑事、深沢を追いかけて行きよったで」

永瀬は画廊のドアを少し開け、顔の半分を外に突き出している。

「狙いどおりじゃない。お啓、すごい」

弘美は啓子の膝を叩いた。

「スケッチブック、効いたな」

と、阿部。啓子はさも当然といった表情で、

「問題はこれからよ。あの五十嵐とかいうおじさんの腕次第。吉と出るか凶と出るか、あとは神様の思召し」

「キャッツアイ一つくらい残しとっても良かったんと違うか。何となくもったいない」

「まだそんなこというてる。あんなもん持ってたら危のうて仕方ないやないの。キャッツアイを処分し、なおかつ、それを深沢有罪の証拠として警察に提供する……自分でいうのも何やけど、ほんま、いいプランやわ」

「勝つ自信あるんかいな」

「七、三というとこやね。深沢はきっと毒薬を持ってる。私が深沢なら絶対に持って行く。しのぶの口を封じるために」

いって、啓子は遠くを見つめる。

そこへ真由美が帰って来た。啓子は真由美の手をとり、

「ご苦労さん、大成功よ」

ソファに坐(すわ)らせた。

「河野さんに教えられたとおりいいましたけど、口調が難しくて」

「いいの、いいの。深沢、青い顔してたそうよ。ぼん、そんなとこに突っ立ってんと、真由美さんにお茶」


タクシーを降りたところで深沢はまわりを見まわした。京都駅中央口前、午後二時五十五分。バス、車、切符売り場、改札口、人、特に注意をひくものはない。

中央口東横、コインロッカーコーナー、深沢はキーを確かめる。ナンバー089、奥まったところの上段。深沢はもう一度あたりを見る。柱にもたれかかって話をする男女、大型のキャスター付スーツケースを引く旅行者、デイパックを背負った外国人、駅員。女はどこにいるのだろう、どこから深沢を監視しているのだろう。

キーを差し込む。扉を開けた。メモはない。代わりに小さな茶色の革袋、長い紐(ひも)を

巻き付けてある。バッグとスケッチブックを床に置き、袋を手にとる。中に丸く硬いもの、キャッツアイの感触だ。女はここで取引しようという肚なのか。

深沢は紐を解き、口を開けた。袋を傾け、中身を左掌に受けた。キャッツアイが十個、光条が妖しく揺れる。やった、取り戻した、頬が弛む。

ふいに、

「深沢さん」

後ろから声をかけられた。反射的に身を引く。八の字眉の風采の上がらない男、五十嵐とかいう刑事だ。横にもう一人ずんぐりした男、白石とかいった。深沢は左の拳を固く握りしめた。

「お出掛けでっか……どこまで」

「ちょっと」

「その、手に持ってはるのは何でっか。見せてもらえまへんやろか」

「これは……」

そうこういっているうちに横から一人、後ろからまた一人、四人の男に取り囲まれた。

「ちょっとすんまへんな」

後ろの男に足許のバッグをとられた。止める暇もなかった。膝が強ばって動けない。

男がバッグを開く。中から札束を一つ出した。五十嵐に手渡す。

「ほう、おもろいもん持ってはりまんねんな。こんなオモチャ持って、ディズニーランドでも行きはるつもりでっか」

五十嵐は札束を顔の前でひらひらさせる。

隙を見て、深沢は左手を口に持って来た。ビシッ、手が弾かれた。キャッツアイが床を跳ね、散る。

両脇から腕を刑事にとられた。膝が折れる。

「なるほど、キャッツアイまで持ってはったとはね。その上、それを食べようとした。あれ、そないに美味いもんでっか」

五十嵐は上着を探る。手が左内ポケットの上で止まり、中から白いビニール包みを抜き出した。

刑事、やじ馬、キャッツアイ、壁、ロッカー——、深沢の視界から色が消えた。

16

啓子の発案で煤に卵白を混ぜてみたら実画に近いつやが出た。いわば、卵テンペラの技法だ。頼朝公の袍に塗る絵具の色合わせはこれで完了、最大の難問が解決して制作がスムーズに進む。新学期が始まるまでに、弘美は「源頼朝像」の模写を完成させるつもりだ。

啓子はあと二、三日で「鳥獣戯画」を完成させる予定。朝から晩まで「引き写し」をしている。

「引き写し」とは、粉本の上に少し大きめの紙を固定し、その紙を巻き上げたりもどしたりしながら模写することをいう。巻き上げた時に、下の粉本の絵を眼に焼き付け、その残像が残っているうちに紙を巻き戻してすばやく筆を走らせる。慣れるまでは難しい技法だが、トレーシングペーパーなど使えば原画や粉本を傷めてしまうから、模写を学ぶ者は、引き写しだけは必ず習得しておかねばならない。

「ね、お啓。模写、ずっと続けていくつもり？」

「今んとこ、そのつもりやけど」

「食べられないよ」

「食べること考えてたら、模写なんかやってられへんわ」

「お啓は強いな……」

弘美と啓子はこの四月から大学院へ進む。専攻は模写。大学院の二年間、模写をする予定だが、弘美の考えはこのところ揺れ動いている。創作の道を選ぶか模写を続けるか……。模写は創作ではなく、どちらかといえば職人的色あいの濃い仕事だからあまり人気がない。作家として名前が世に出ることもない。収入も不安定。なのに需要は結構ある。古画の現状保存、復元、修復など、文化財保護に直結した必要不可欠な仕事ではある。

「本来画学生なんて陽のあたるとこを歩きたい人間ばっかり。自己顕示欲が人一倍強いからこそ、この道に入ったんやないの。そら私かて、こんな地味な仕事嫌になることもある。けど、結局は誰かが縁の下で支えんとあかんのよ。私、インドへ行って考えた。人の一生て何やろ。……たとえ陽はあたらんでも、自分の気の持ちようひとつで前向きに生きることは可能やと思たの。誰か素敵な人の奥さんになって子供を生む。赤ん坊の寝顔を横に見ながら、時おり注文のある模写をする。案外そんな平穏な生活も私に似合ってるんやないかな」

「えらく古風な考えね」

「おや、私の本質は典型的な日本女性よ」

「典型的な日本女性は探偵ごっこを好むわけ？　そういえば、深沢さん、犯行を自供したそうね。お啓、今朝の新聞読んだ？」

「それどころやあらへん。この猿の大僧正、表情が難しいて。人間に近いだけに余計そう感じるんやね」

啓子はこめかみを揉む。

「ひと休みすれば。朝からぶっ通しじゃない」

「それもそうやね……ああしんど。ウサギもカエルもキツネも、もう飽き飽き。顔も見たないわ」

啓子は筆を放り出し、ころんと後ろにひっくり返った。ぼんやり天井を眺めている。

「あの長岡天神のマンション、カーペットを剝いでたんだけど、それでも、コンクリートの床にルミノール反応があったんだって」

弘美は事件の結末を話したくて仕方がない。

「凶器はゴルフクラブ。今、大崎付近で琵琶湖を浚っているそうよ。それから、木島隆って宝石ブローカーのボスが滋賀県警に逮捕されたんだって。密輸の元締め、ほんとは深沢氏じゃなかったんだね。それと、村山さんがよく行ってた『セロニアス』って喫茶店のマスターも逮捕されたんだって。大麻取締法違反、怖いね」

「しのぶのことはどう。書いてあった？」

「なかった」

「結局はほんとの名前も聞かへんままに別れてしもたけど、逮捕は時間の問題やね」

「ちょっと待って。それじゃ、私たちのことも……」

「大丈夫や。いずれ私らも事情聴取は受けるはず。けど、私ら、やましいことは何もしてへん。嘘つく必要もないし、どんと構えてたらいいのよ」

「だけど、ハシシの……」

「おっと、それだけはいうたらあかんかったんや。……それより、私の心配なんは真由美さんのこと。彼女に迷惑かけたんやないかなって。恋人との仲が壊れたりしてみなさい、腹切ってお詫びせんとあかん」

弘美にとってもそのことは一番の気がかりだ。

「真由美さん、別に悪いことしたんじゃない。警察だってその辺はちゃんと処理するはずよ。人権ってものがあるでしょ」

弘美は自分に言いきかすように強くいった。

「そうね。そのとおりやね」

啓子は弱々しく応じる。そこへノックの音。

「ほら、おいでなすった。最終ラウンドの始まりや」

啓子は跳ね起きた。

扉が開いた。現れたのは五十嵐、ハンカチで首筋を拭きながら、

「えろう温うなりましたな。どうでっか、お勉強の方」

と、こちらへ上がり込んだ。

「へえ、模写いうのはそういう風にやりますんか。根の要る仕事ですな」

弘美の手許を覗き込む。

「何か」

横から啓子が訊いた。

「ほい、そのことや。今日はお二人にね、おもしろいお伽話を聞いてもらおと思て」

「お伽話？」

「そう。昔々、あるところに一本の柿の木がありました。秋、その木に一つだけ実がつきました。そこへ、カニがとこことことやって来た。ふと見上げると、うまそうな柿」

「それ、サルカニ合戦？」

「いや。ま、最後まで聞いて下さいな。……カニは柿を食べたいと思た。それで、カニは柿の木の下に穴を掘り、そこに住みついた。日がな一日、柿の実を眺めては、いつ熟すか、いつ落ちて来るか、それだけを楽しみに待ってたんですわ。ところがある日、南の天竺からカラスが二羽飛んで来てね、あろうことか柿をつついた。柿は下へドスン。眼の前に落ちた柿を見て、カニは考えた。勝手なことして。柿を落としてくれたんはカラスやけど、柿に以前から眼をつけてたんはカニや。柿を落としてくれたら困る。カニはもひとつしっくりとせん心境やったそうな」

「けど、結局、カニは柿を食べたんでしょ」

「そらもう、程よく熟してうまかったらしい」

「よう似た話、聞いたことあります」

「ほう。どんな……」

「柿の木の下にいたのは犬。飛んで来たのはかわいい小鳩……」

いって、啓子は五十嵐にほほえみかけた。

あとがき

一九八三年、第一回サントリーミステリー大賞に『二度のお別れ』で応募して佳作賞、その翌年に『雨に殺せば』で応募してまた佳作賞、さらにその翌年はＮＨＫ銀河テレビ小説の原作にするというプロデューサーとの約束で『暗闇のセレナーデ』（徳間書店）を書いたためミステリー大賞は休憩し、八六年の『キャッツアイころがった』で、わたしはようやくサントリーミステリー大賞を射止めることができた。忘れもしない、東京の帝国ホテルで開催された最終選考会は三月四日。それはわたしの誕生日だった。実は選考会の前日、Ｋ社の編集者にくっついていって、占星術の泰斗でもある島田荘司さんに会い、「誕生日というのは強運の星まわりだから、きっといいことがありますよ」といわれて気をよくしていたのだけど、まさかほんとうに受賞するとは思っていなかった。当時のミステリー大賞の賞金は五百万円。約四十年前の五百万円はわたしの年収より多かったから、ほとんどリアリティーはなかったが、後日、銀行に賞金が振り込まれたときは通帳を握りしめて随喜の涙を流した。人間、持ちつけぬ大金を持つと、どこか頭のネジが外れるらしく、わたしはとりあえず中古のＭＲ

2を買い、中古のパジェロまで買って悦に入っていたが、翌年、税務署から呼び出しを食らって、今度は座りションベンを濡らしそうな税金をとられた。げに恐ろしきは〝節税対策のない一時所得〟である。

わたしは受賞後しばらく二足の草鞋（わらじ）を履き、『海の稜線（りょうせん）』を書いた。この単行本が八七年四月に講談社から出て、高校教師を辞めた。これからは作家一本で食っていくと心に決め、背水の陣を敷いたのだが、八八年に出した『八号古墳に消えて』は売れなかった。世間はバブル景気に沸いているのに、こちらは時代を先取りして既に崩壊。過酷な右肩下がりの状態は何年もつづいて、わたしは預金を食いつぶし、株を売り払い、それでも、どうにかなるやろ、と高をくくっていた。幸いにして原稿の注文は途切れることがなかったから、取材に時間をかけて『大博打（おおばくち）』や『封印』を書いた。右肩下がりが水平になり回復基調に転じたのは、九四年に『迅雷』の連載をはじめたころからだろう。以来十余年、わたしは相も変わらず、ぼちぼちマイペースで仕事をしている。

長々と埒（らち）もないことを書いた。本題にもどる。

『キャッツアイころがった』ははじめ『キャッツアイと二羽の鳩』というタイトルだったが、担当編集者のMさんに「もう少しインパクトの強いほうが」といわれ、Mさんの案で〝ころがった〟に変更した。もとのタイトルより、あとのほうがずっと洒落（しゃれ）

ている。最終選考会のとき、田辺聖子さんにタイトルを褒めていただいたが、実はわたしが考えたものではなかったというおそまつ。

　この文庫の著者校でおよそ四十年ぶりに読んだ『キャッツアイころがった』は正直、懐かしかった。ストーリーはもちろん忘れている。美大の女子学生ふたりがインドへ謎解きの旅に出るという概要だけを憶えていた。へーえ、おれはこのとき、なにを考えてこんなことを書いたんやろ——と、つぶやくことしきり。別人格の自分に会ったようで気恥ずかしい。インドルピーの為替レートが約三十円とか、刑事の生涯賃金が二億円とか、あいりん地区の簡易旅館の建て替えラッシュとか、隔世の感がある。それと宝石に関する元宝石商の講釈はおもしろかった。

　そう、わたしはあのころ、大阪で有数の宝石商に取材をし、宝石の価格がいかにいい加減なものかということを聞いたのだ。「宝石を資産として考えたらあきません。単なるアクセサリーです。ぼくがこんなことをいうのはおかしいけど、若い女の子が身につけるのはガラス玉でもええと思てますねん」そんなふうにいって、宝石商は笑っていた。

　そういえば十年ほど前、よめはんがミナミの路上できらきら光る石を拾った。白い金属の枠がついていたので、よめはんはペンダントトップが外れたのだろうといい、近所の時計店に持っていって鑑定してもらった。なんとそれは一カラットのジルコン

（人造ダイヤ）で、クオリティーもかなり高いものだった。よめはんはさっそくジルコンにプラチナのチェーンをつけ、度のちがう眼鏡を三本も買って、いつも下を向いて歩いている。

夫のわたしはいままでに数万円単位の現金を三回落としたが、拾ったのは千円札が一枚だけ。いつもボーッと口をあけ、空を見ながら歩いている。

解説

マライ・メントライン（ドイツ公共放送プロデューサー）

【温故知新の１９８６年作品。「知新」とはこの場合、何か？】


「古典」というほどクラシックではないミステリの過去作を読むのは愉(たの)しい。当時の観点で秀作とされたものであればなおさらであり、本書『キャッツアイころがった』には、様々な意味で興味深い「１９８６年」の感触が詰まっている。

21世紀中盤に差し掛かろうとする時期の視点で、まず念頭に来るのが「ネットのない時代の話なのよね」というポイントだ。そして、そのような温故知新系な作品の解説は、往々にして「しかし物語や謎解きの骨格は、ネットやスマホの有無と関係なく（中略）本質は最新の作品に比してもまったく遜色(そんしょく)のない（後略）」といった言葉で纏(まと)められがちだ。

本当にそうだろうか。まあ、実際そういうケースもあるだろうけど、個人的にそういう無難王道路線はいささかありがちに感じられるので、リアルに感じたことを書いてみよう。
ミステリとしての説得力、蓋然性という面で現代基準から本作を評価すると、正直いささか厳しいものがある。そう感じてしまうのは「もし自分が当事者だったとして、この局面でああ動くものか？」という面をわりとシビアに吟味するからだ。これはイマドキ的なミステリ批評の作法として不可避だろうと思うけど、言い換えれば、ミステリ・サスペンスというものを「リアル犯罪シミュレーション」と見做している現状を示している、ようにも思える。では『キャッツアイころがった』は犯罪シミュレーション的なリアリティを求めるべき作品なのかといえば、おそらく答えは否だ。発表当時どうだったかは不明だが、いま本作を読んでみて最終的に印象に残るのは、どちらかといえば説話的な充足感のようなもの。人はこうやって生きていきたいものだよねぇ、的なやや地味めな感興であって、実はそういった路線の嗜好品として本作は素晴らしい。

ミステリにも本格、社会派、コージー等々いろいろなサブジャンルがあり、それぞれ奥深い。ゆえに安易な決めつけはご法度だが、『キャッツアイころがった』には、ミステリの感覚的な定義が、あるいは、社会がミステリという単語に期待していた内容がそもそも微妙に別物だった時代の空気が濃厚に感じられ、そこがなんとも興趣深い。

この核心にあるものはいったい何なのか。9・11テロやオウム地下鉄サリン事件以前の世界に属するサムシングであるらしいのは確かだが、それ以上の明確化・言語化が難しい。現実的リアリティの束縛を外れたお約束的な様式美みたいなものだろうか。いわゆる二時間サスペンスドラマ終盤の「断崖（だんがい）での犯人の種明かし&ヒロインの大ピンチ」みたいな。いや、あれは様式美というよりネタであり、放送時間枠の制約などの現実的な要請の上に成立した現象だ。そこで、昭和末期人間である自分の夫にそのあたりを訊（き）いてみたところ、

　これはですね。たとえば全盛期の昭和プロレスみたいなものです。アントニオ猪木（いのき）の決め技に延髄斬りというのがあった（詳細は検索してください）んだけど、ときどき空振るのよね。でも相手がちゃんと倒れたりするわけ（笑）んで、山本小鉄（やまもとこてつ）とかが「猪木の蹴（け）りは真空状態を発生させ、その威力で相手が倒れるんだ！」とか言っちゃう。さー、これを茶番とみるか否か。茶番と見做して否定するのはいかにも容易だ、が、それは知的な嗜（たしな）みとしてあまりに勿体（もったい）ない。この、肝心な要素がすべて阿吽（あうん）の呼吸でつながりながら存在意義を確立し、その上で成立する様式美のような何か。あまりにインチキくさい素晴らしさ。実質と実力があるのか無いのか、一面的な基準では判別しがたい深さと奥ゆかしさ。ということで、昭和のエンタメ系ミステリの奥義精

髄にもこの原理は通じるのではないかと思います。それっていかにも邪道な現実解釈に思えるかもしれないけど、さにあらず。かつてナポレオン・ボナパルトはエジプト遠征の道中、「地球外生命体は居るのか？」など難問奇問を連発することで幕僚たちの知的な底力を測り、正論を述べる者よりも邪論を巧みに展開した者を評価したといいます。それと同様に（以下くどいので略）

…とのこと。なるほど。

阿吽の呼吸

なのか。確かにこれは重要ポイントのような気がする。

そういえば、現在の観点で厳密に考えればおかしいことで、あってはならないことかもしれないが、『キャッツアイころがった』作中にて、主人公の学生探偵グループ、各府県警の捜査官たち、怪しい人たちは相互に、阿吽の呼吸を多用し前提としながらコミュニケーションと駆け引きを展開していた感がある。内輪だけでなく敵を相手とする場合でも、という点が重要だ。

そこから紡ぎ出される文脈は、おそらく単なる論理性よりも上位に立つ。ゆえに、論理で微妙に収拾しきれない形でミステリ作品が成立してしまい、しかも読者に瑕疵(かし)を感じさせない。それは当時の現実的な空気の何がしかの反映かもしれず、なんとも興味深い。というか、そもそもそういった環境的な力学に支えられていなければ「サントリーミステリー大賞」という文芸賞を受賞できるはずもないわけで、実に考えさせられる。

その伝でいうと、現代視点での本作の最大の見どころはある意味、登場人物たちが作中でどのように情報を消化し、再構築し、外部コミュニケーションを成立させるか、そしてその過程で何が「省略」されるか、なのかもしれない。例えば本作の真犯人、個人的には、生き残りに賭(か)ける執念が足らず諦(あきら)めが良すぎるように感じられてしまうのだが、同時代的観点からすれば「それがむしろリアル」なのかもしれず、興味は尽きない。

いささか余談めいて聞こえるかもしれないが、『キャッツアイころがった』が発表された１９８６年というのは日米貿易摩擦がピークに達し、「日本人はアンフェアだ」とアメリカが文句をつけたのに対し日本人が「そりゃ妬(ねた)みベースの言いがかりだ！」と憤っていた時期にも重なる。あの「アンフェア」というのは単なる言いがかりではなく実は双方のコミュニケーション不全の問題でもあった、というのが後世の冷静な評価であり、そのような時代と社会の内面を再考する材料としても、本書の価値は薄れることがないと感じる。

そう、時代を超えて生き残ってしまう逸品には、一見それとわからない様々な抽斗（ひきだし）が潜んでいるのだ。

本書は二〇〇五年六月、創元推理文庫から刊行されました。
作中に登場する人名・団体等は、すべてフィクションです。
また、事実関係は執筆当時のままとしています。

キャッツアイころがった

黒川博行

令和４年　４月25日　初版発行

発行者●堀内大示

発行●株式会社KADOKAWA
〒102-8177　東京都千代田区富士見2-13-3
電話　0570-002-301（ナビダイヤル）

角川文庫 23146

印刷所●株式会社暁印刷
製本所●本間製本株式会社

表紙画●和田三造

ISBN 978-4-04-112347-8　C0193

JASRAC 出 2201715-201

◇◇◇

角川文庫発刊に際して

角川源義

第二次世界大戦の敗北は、軍事力の敗北であった以上に、私たちの若い文化力の敗退であった。私たちの文化が戦争に対して如何に無力であり、単なるあだ花に過ぎなかったかを、私たちは身を以て体験し痛感した。西洋近代文化の摂取にとって、明治以後八十年の歳月は決して短かすぎたとは言えない。にもかかわらず、近代文化の伝統を確立し、自由な批判と柔軟な良識に富む文化層として自らを形成することに私たちは失敗して来た。そしてこれは、各層への文化の普及滲透を任務とする出版人の責任でもあった。

一九四五年以来、私たちは再び振出しに戻り、第一歩から踏み出すことを余儀なくされた。これは大きな不幸ではあるが、反面、これまでの混沌・未熟・歪曲の中にあった我が国の文化に秩序と確たる基礎を齎らすためには絶好の機会でもある。角川書店は、このような祖国の文化的危機にあたり、微力をも顧みず再建の礎石たるべき抱負と決意とをもって出発したが、ここに創立以来の念願を果すべく角川文庫を発刊する。これまで刊行されたあらゆる全集叢書文庫類の長所と短所とを検討し、古今東西の不朽の典籍を、良心的編集のもとに、廉価に、そして書架にふさわしい美本として、多くのひとびとに提供しようとする。しかし私たちは徒らに百科全書的な知識のジレッタントを作ることを目的とせず、あくまで祖国の文化に秩序と再建への道を示し、この文庫を角川書店の栄ある事業として、今後永久に継続発展せしめ、学芸と教養との殿堂として大成せんことを期したい。多くの読書子の愛情ある忠言と支持とによって、この希望と抱負とを完遂せしめられんことを願う。

一九四九年五月三日

角川文庫ベストセラー

悪果
黒川博行

大阪府警今里署のマル暴担当刑事・堀内は、相棒の伊達とともに賭博の現場に突入。逮捕者の取調べから明らかになった金の流れをネタに客を強請り始める。かつてなくリアルに描かれる、警察小説の最高傑作！

てとろどときしん
大阪府警・捜査一課事件報告書
黒川博行

フグの毒で客が死んだ事件をきっかけに意外な展開をみせる表題作「てとろどときしん」をはじめ、大阪府警の刑事たちが大阪弁の掛け合いで6つの事件を解決に導く、直木賞作家の初期の短編集。

疫病神
黒川博行

建設コンサルタントの二宮は産業廃棄物処理場をめぐるトラブルに巻き込まれる。巨額の利権が絡んだ局面で共闘することになったのは、桑原というヤクザだった。金に群がる悪党たちとの駆け引きの行方は――。

螻蛄
黒川博行

信者500万人を擁する宗教団体のスキャンダルに金の匂いを嗅ぎつけた、建設コンサルタントの二宮とヤクザの桑原。金満坊主の宝物を狙った、悪徳刑事や極道との騙し合いの行方は⁉　「疫病神」シリーズ‼

繚乱
黒川博行

大阪府警を追われたかつてのマル暴担当コンビ、堀内と伊達。競売専門の不動産会社で働く伊達は、調査中の敷地900坪の巨大パチンコ店に金の匂いを嗅ぎつけると、堀内を誘って一攫千金の大勝負を仕掛けるが⁉

角川文庫ベストセラー

燻(くすぶ)り
黒川博行

あかん、役者がちがう——。パチンコ店を強請る2人組、拳銃を運ぶチンピラ、仮釈放中にも盗みに手を染める小悪党。関西を舞台に、一攫千金を狙っては燻り続ける男たちを描いた、出色の犯罪小説集。

破門
黒川博行

映画製作への出資金を持ち逃げされたヤクザの桑原と建設コンサルタントの二宮。失踪したプロデューサーを追い、桑原は本家筋の構成員を病院送りにしてしまう。組同士の込みあいをふたりは切り抜けられるのか。

二度のお別れ
黒川博行

三協銀行新大阪支店で強盗事件が発生。犯人は約400万円を奪い、客の1人を拳銃で撃った後、彼を人質に逃走した。大阪府警捜査一課は捜査を開始するが、犯人から人質の身代金として1億円の要求があり——。

雨に殺せば
黒川博行

大阪湾にかかる港大橋で現金輸送車が襲われ、銀行員2人が射殺された。その後、事情聴取を受けた行員や容疑者までが死亡し、事件は混迷を極めるが——。金融システムに隠された、連続殺人の真相とは!?

切断
黒川博行

病室で殺された被害者は、耳を切り取られ、さらに別人の小指を耳の穴に差されていた。続いて、舌を切り取られ、前の被害者の耳を咥えた死体が見つかって——。初期作品の中でも異彩を放つ、濃密な犯罪小説!

角川文庫ベストセラー

喧嘩（すてごろ） 黒川博行

ヤクザ絡みの依頼を請け負った二宮がやむを得ず頼ったのは、組を破門された桑原だった。議員秘書と極道が食り食う巨大利権に狙いを定めた桑原は大立ち回りを演じるが、後ろ楯を失った代償は大きく——？

海の稜線 黒川博行

大阪府警の刑事コンビ〝ブンと総長〟は、東京からやってきた新人キャリア上司に振り回される。高速道路での乗用車爆破事件とマンションで起きたガス爆発。2つの事件は意外にも過去の海難事故につながる。

アニーの冷たい朝 黒川博行

若い女性が殺された。遺体は奇抜な化粧を施されていた。事件は連続殺人事件に発展する。大阪府警の刑事・谷井は女性の恋心を弄ぶ詐欺師の男にたどり着く。刑事の執念と戦慄の真相に震えるサスペンス。

ドアの向こうに 黒川博行

腐乱した頭部、ミイラ化した脚部という奇妙なバラバラ死体。そして、密室での疑惑の心中。大阪で起きた2つの事件は裏で繋がっていた？　大阪府警の〝ブンと総長〟が犯人を追い詰める！

絵が殺した 黒川博行

竹林で見つかった画家の白骨死体。その死には過去の贋作事件が関係している？　大阪府警の刑事・吉永は日本画業界の闇を探るが、核心に近づき始めた矢先、更なる犠牲者が！　本格かつ軽妙な痛快警察小説。

角川文庫ベストセラー

感傷の街角　大沢在昌

早川法律事務所に所属する失踪人調査のプロ佐久間公がボトル一本の報酬で引き受けた仕事は、かつて横浜で遊んでいた〝元少女〟を捜すことだった。著者23歳のデビューを飾った、青春ハードボイルド。

漂泊の街角　大沢在昌

佐久間公は芸能プロからの依頼で、失踪した17歳の新人タレントを追ううち、一匹狼のもめごと処理屋・岡江から奇妙な警告を受ける。大沢作品のなかでも屈指の人気を誇る佐久間公シリーズ第2弾。

追跡者の血統　大沢在昌

六本木の帝王の異名を持つ悪友沢辺が、突然失跡した。沢辺の妹から依頼を受けた佐久間公は、彼の不可解な行動に疑問を持ちつつ、プロのプライドをかけて解明を急ぐ。佐久間公シリーズ初の長編小説。

かくカク遊ブ、書く遊ぶ　大沢在昌

物心ついたときから本が好きで、ハードボイルド作家になろうと志した。しかし、六本木に住み始め、遊びを覚え、大学を除籍になってしまった。そんな時に大沢在昌に残っていたものは、小説家になる夢だけだった。

シャドウゲーム　大沢在昌

シンガーの優美は、首都高で死亡した恋人の遺品の中から〈シャドウゲーム〉という楽譜を発見した。事故から恋人の足跡を遡りはじめた優美は、彼に楽譜を渡した人物もまた謎の死を遂げていたことを知る。

角川文庫ベストセラー

六本木を1ダース　大沢在昌

日曜日の深夜0時近く。人もまばらな六本木で私を呼び止めた女がいた。そして行きつけの店で酒を飲むうちに、どこかに置いてきた時間が苦く解きほぐされていく。六本木の夜から生まれた大人の恋愛小説集。

眠りの家　大沢在昌

学生時代からの友人潤木と吉沢は、千葉・外房で奇妙な円筒形の建物を発見し、釣人を装い調査を始めたが……表題作のほか、不朽の名作「ゆきどまりの女」を含む全六編を収録。短編ハードボイルドの金字塔。

一年分、冷えている　大沢在昌

人生には一杯の酒で語りつくせぬものなど何もない。それぞれの酒、それぞれの時間、そしてそれぞれの人生。街で、旅先で聞こえてくる大人の囁きをリリカルに綴ったとっておきの掌編小説集。

烙印の森　大沢在昌

私は犯罪現場専門のカメラマン。特に殺人現場にこだわるのは、〝フクロウ〟と呼ばれる殺人者に会うためだ。その姿を見た生存者はいない。何者かの襲撃を受けた私は、本当の目的を果たすため、戦いに臨む。

ウォームハート　コールドボディ　大沢在昌

ひき逃げに遭った長生太郎は死の淵から帰還した。実験台として全身の血液を新薬に置き換えられ「生きている死体」として蘇ったのだ。それでもなお、愛する女性を思う気持ちが太郎をさらなる危険に向かわせる。

角川文庫ベストセラー

角川文庫ベストセラー

王女を守れ
アルバイト・アイ

大沢在昌

冴木涼介、隆の親子が今回受けたのは、東南アジアの島国ライールの17歳の王女の護衛。王位を巡り命を狙われる王女を守るべく二人はある作戦を立てるが、王女をさらわれてしまい…隆は王女を救えるのか？

諜報街に挑め
アルバイト・アイ

大沢在昌

冴木探偵事務所のアルバイト探偵、隆。車にはねられ気を失った隆は、気付くと見知らぬ町にいた。そこには会ったこともない母と妹まで…！　謎の殺人鬼が徘徊する不思議の町で、隆の決死の闘いが始まる！

誇りをとりもどせ
アルバイト・アイ

大沢在昌

莫大な価値を持つ「あるもの」を巡り、右翼の大物、ネオナチ、モサドの奪い合いが勃発。争いに巻き込まれた隆は拷問に屈し、仲間を危険にさらしてしまう。死の恐怖を越え、自分を取り戻すことはできるのか？

最終兵器を追え
アルバイト・アイ

大沢在昌

伝説の武器商人モーリスの最後の商品、小型核兵器が行方不明に。都心に隠されたという核爆弾を探すために駆り出された冴木探偵事務所の隆と涼介は、東京に裁きの火を下そうとするテロリストと対決する！

生贄のマチ
特殊捜査班カルテット

大沢在昌

家族を何者かに惨殺された過去を持つタケルは、クチナワと名乗る車椅子の警視正からある極秘のチームに誘われ、組織の謀略渦巻くイベントに潜入する。孤独な潜入捜査班の葛藤と成長を描く、エンタメ巨編！

角川文庫ベストセラー

解放者　特殊捜査班カルテット2　大沢在昌

十字架の王女　特殊捜査班カルテット3　大沢在昌

標的はひとり　新装版　大沢在昌

眠たい奴ら　新装版　大沢在昌

冬の保安官　新装版　大沢在昌

特殊捜査班が訪れた薬物依存症患者更生施設が、何者かに襲撃された。一方、警視正クチナワは若者を集めたゲリライベント「解放区」と、破壊工作を繰り返す一団に目をつける。捜査のうちに見えてきた黒幕とは？

国際的組織を率いる藤堂と、暴力組織〝本社〟の銃撃戦に巻きこまれ、消息を絶ったカスミ。助からなかったのか、父の下で犯罪者として生きると決めたのか。行方を追う捜査班は、ある議定書の存在に行き着く。

かつて極秘機関に所属し、国家の指令で標的を消していた男、加瀬。心に傷を抱え組織を離脱した加瀬に来た〝最後〟の依頼は、一級のテロリスト・成毛を殺す事だった。緊張感溢れるハードボイルド・サスペンス。

破門寸前の経済やくざ高見は逃げ込んだ温泉街で警察嫌いの刑事月岡と出会う。同じ女に惚れた2人は、政治家、観光業者を巻き込む巨大宗教団体の跡目争いの渦中へ……はぐれ者コンビによる一気読みサスペンス。

ある過去を持ち、今は別荘地の保安管理人をする男。冬の静かな別荘で出会ったのは、拳銃を持った少女だった（表題作）。大沢人気シリーズの登場人物達が夢の共演を果たす「再会の街角」を含む極上の短編集。

角川文庫ベストセラー

らんぼう　新装版　大沢在昌

巨漢のウラと、小柄のイケの刑事コンビは、腕は立つがキレやすく素行不良、やくざのみならず署内でも恐れられている。だが、その傍若無人な捜査が、時に誰かを幸せに……？　笑いと涙の痛快刑事小説！

ジャングルの儀式　新装版　大沢在昌

ハワイから日本へ来た青年・桐生傀の目的は一つ、父を殺した花木達治への復讐。赤いジャガーを操る美女に導かれ花木を見つけた傀は、権力に守られた真の敵を知り、戦いという名のジャングルに身を投じる！

夏からの長い旅　新装版　大沢在昌

充実した仕事、付き合いたての恋人・久邇子との甘い逢瀬……工業デザイナー・木島の平和な日々は、放火事件を皮切りに、何者かによって壊され始めた。一体誰が、なぜ？　全ての鍵は、1枚の写真にあった。

ニッポン泥棒（上）（下）　大沢在昌

失業して妻にも去られた64歳の尾津。ある日訪れた見知らぬ青年から、自分が恐るべき機能を秘めた未来予測ソフトウェアの解錠鍵だと告げられる。陰謀に巻き込まれた尾津は交渉術を駆使して対抗するが――。

魔物（上）（下）　新装版　大沢在昌

麻薬取締官の大塚はロシアマフィアの取引の現場をおさえるが、運び屋のロシア人は重傷を負いながらも警官2名を素手で殺害、逃走する。あり得ない現実に戸惑う大塚。やがてその力の源泉を突き止めるが――。

角川文庫ベストセラー

悪夢狩り　新装版　　大沢在昌

試作段階の生物兵器が過激派環境保護団体に奪取され、その一部がドラッグとして日本の若者に渡ってしまった。フリーの軍事顧問・牧原は、秘密裏に事態を収拾するべく当局に依頼され、調査を開始する。

B・D・T［掟の街］　新装版　　大沢在昌

不法滞在外国人問題が深刻化する近未来東京。急増する身寄りのない混血児「ホープレス・チャイルド」が犯罪者となり無法地帯となった街で、失踪人を捜す私立探偵ヨヨギ・ケンの前に巨大な敵が立ちはだかる！

影絵の騎士　　大沢在昌

ネットワークと呼ばれるテレビ産業が人々の生活を支配する近未来、新東京。私立探偵のヨヨギ・ケンは、ネットワークで横行する「殺人予告」の調査を進めるうち、巨大な陰謀に巻き込まれていく――。

深夜曲馬団（ミッドナイト・サーカス）　新装版　　大沢在昌

作品への手応えを失いつつあるフォトライターが出会ったのは、廃業寸前の殺し屋だった――。「鏡の顔」他、4編を収録した、初期大沢ハードボイルドの金字塔。日本冒険小説協会最優秀短編賞受賞作品集。

天使の牙（上）（下）　新装版　　大沢在昌

麻薬組織の独裁者の愛人・はつみが警察に保護を求めてきた。極秘指令を受けた女性刑事・明日香がはつみと接触するが、2人は銃撃を受け瀕死の重体に。しかし、奇跡は起こった――。冒険小説の新たな地平！

角川文庫ベストセラー

天使の爪 (上)(下) 新装版　大沢在昌

麻薬密売組織「クライン」のボス・君国の愛人の身体に脳を移植された女性刑事・アスカ。過去を捨て、麻薬取締官として活躍するアスカの前に、もうひとりの脳移植者が敵として立ちはだかる。

軌跡　今野敏

目黒の商店街付近で起きた難解な殺人事件に、大島刑事と湯島刑事、そして心理調査官の島崎が挑む。(「老婆心」より) 警察小説からアクション小説まで、文庫未収録作を厳選したオリジナル短編集。

熱波　今野敏

内閣情報調査室の磯貝竜一は、米軍基地の全面撤去を前提にした都市計画が進む沖縄を訪れた。だがある日、磯貝は台湾マフィアに拉致されそうになる。政府と米軍をも巻き込む事態の行く末は？　長篇小説。

鬼龍　今野敏

鬼道衆の末裔として、秘密裏に依頼された「亡者祓い」を請け負う鬼龍浩一。企業で起きた不可解な事件の解決に乗り出すが……恐るべき敵の正体は？　長篇エンターテインメント。

陰陽　鬼龍光一シリーズ　今野敏

若い女性が都内各所で襲われ惨殺される事件が連続して発生。警視庁生活安全部の富野は、殺害現場で謎の男・鬼龍光一と出会う。祓師だという鬼龍に不審を抱く富野。だが、事件は常識では測れないものだった。